剣客春秋親子草

襲撃者

鳥羽 亮

幻冬舎時代小説文庫

剣客春秋親子草

襲撃者

【主な登場人物】

千《ち》坂《さか》彦《ひこ》四《し》郎《ろう》——一刀流《いっとうりゅう》千坂道場の道場主。
若いころは放蕩《ほうとう》息子であったが、千坂藤兵衛と出逢い、剣の道を歩む。
藤兵衛の愛娘《まなむすめ》・里美と世帯をもち、千坂道場を受け継ぐ。

里美《さとみ》——父・藤兵衛に憧れ、幼いころから剣術に励み、「千坂道場の女剣士」と呼ばれた。彦四郎と結ばれ、一女の母となる。

千坂藤兵衛《とうべえ》——千坂道場の創始者にして一刀流の達人。
早くに妻を亡くし、父娘の二人暮らしを続けていたが、縁あって彦四郎の実母・由江と夫婦《めおと》となる。

由江《よしえ》——料亭「華村《はなむら》」の女将《おかみ》。
北町奉行と理無《わりな》い仲となり、彦四郎をもうける。

目次

第一章　斬殺

1

「石黒《いしぐろ》、後ろのふたり、おれたちを尾《つ》けてくるのではないか」

荒川辰之助《あらかわたつのすけ》が、石黒俊助《しゅんすけ》に身を寄せて言った。

石黒はそれとなく背後を振り返り、

「あのふたり、柳原《やなぎわら》通りへ入ったときも見かけたぞ」

そう言って、顔をけわしくした。

荒川たちの半町ほど後ろを、ふたりの武士が歩いてくる。ふたりとも小袖《こそで》にたっつけ袴《ばかま》で草鞋《わらじ》履きだった。二刀を帯びている。網代笠《あじろがさ》をかぶっているので顔は見えなかったが、廻国修行の武士のようである。

「おれたちに、用があるのかな」

荒川が不安そうな顔をした。

「気のせいかもしれん」

そう言いながらも、石黒の足がすこし速くなった。

荒川と石黒は、神田《かんだ》豊島町《としまちょう》にある一刀流中西《なかにし》派の千坂《ちさか》道場の門弟だった。ふたりは小袖に袴姿で二刀を帯び、手に剣袋を持っていた。剣袋のなかには道場の稽古《けいこ》で遣った木刀と竹刀《しない》が入っている。

ふたりとも、まだ十五、六歳の若い門弟だった。午後の稽古を終え、それぞれの屋敷のある御徒町《おかちまち》に帰ろうとしていた。ふたりは千坂道場を出た後、神田川沿いにつづく柳原通りを経て和泉橋を渡ったところだった。橋を渡った後、そのまま北に向かえば、御徒町に出られる。

「お、おい、近付いてくるぞ」

荒川がうわずった声で言った。

背後のふたりの武士との間が、だいぶつまっていた。ふたりの武士は、足早に荒川たちに迫ってくる。

荒川たちは、背後から迫ってくるふたりの武士に殺気だったものを感じた。

「石黒、後ろのふたりに心当たりはあるか」

「な、ない……」

石黒が声をつまらせて言った。

「ま、まさか、こんなところで、おれたちを襲ったりしないだろう」

「そうだな」

通りには、ぽつぽつと人影があった。

ぼてふり、職人、風呂敷包みを背負った行商人、町娘などにまじって、御家人ふうの武士や中間《ちゅうげん》などの姿もあった。御徒町に入ると、御家人や小身《しょうしん》の旗本の屋敷がつづいているので、この辺りでも武士や中間などが目につくのだ。荒川と石黒の屋敷も、御徒町の一角にあった。

荒川たちがそんなやり取りをしている間に、さらに背後のふたりが近付いてきた。

「しばし、しばし」

ひとりが、声をかけた。大柄な武士である。

「われらでござるか」

荒川が足をとめて振り返った。武士の声に、何か尋ねるようなひびきがあったからである。

石黒も足をとめ、足早に近付いてくるふたりの武士に目をやった。

ちょうど、御家人ふうの武士と中間が、ふたりの武士の近くを通りかかった。網代笠をかぶったふたりの武士に目をむけている。

「おふたりは、千坂道場の門弟ではござらぬか」

大柄な武士が、荒川の前に立って訊《き》いた。

もうひとりの痩身の武士は、石黒の前にまわり込んできた。ふたりとも網代笠をかぶったままである。

「千坂道場の者ですが、何か」

荒川が訊いた。

「われらふたりは、剣術の修行のために江戸の名のある道場をまわっているが、千坂道場の門弟は、いずれも遣い手だと聞いている」

大柄な武士が、声を大きくして言った。

「い、いえ、そのようなことは……」

荒川は困惑したように眉《まゆ》を寄せた。

近くにいた中間と御家人ふうの武士は、慌てた様子でその場から離れた。網代笠をかぶったふたりの武士に、殺気だったものを感じたのであろう。

「剣術の修行のため、一手ご指南を仰ぎたいが」

いきなり、大柄な武士が左手で刀の鍔元《つばもと》を握って鯉口《こいぐち》を切った。

「お、お待ちください。け、稽古なら、道場へ……」

荒川が声を震わせて言い、後じさった。

すると、もうひとりの痩身の武士も、

「それがしにも、一手ご指南を」

言いざま鯉口を切った。

「や、やめろ！」

石黒は、ひき攣《つ》ったような声を上げて後ろへ逃げようとした。だが、後ろは仕舞《しもた》屋《や》の板塀になっていて、逃げられなかった。

「さァ、抜かれい！」

大柄な武士が叫びざま抜刀した。

「………！」

やむなく、荒川は手にした剣袋を落として刀の柄《つか》に手をかけたが、抜こうとしなかった。顔が蒼《あお》ざめ、体が顫《ふる》えている。

すると、痩身の武士も抜刀し、

「抜け！　勝負だ」

と、声を上げた。

その場を通りかかった武士や町人たちは、慌てた様子で、「真剣勝負だ！」「千坂道場の門弟だぞ！」などと叫びながらその場から逃げ散った。

大柄な武士は、荒川に切っ先をむけ、

「千坂道場の門弟なら、尋常に勝負しろ！　抜かぬなら、このまま斬《き》るぞ」

と声高に言って、間合をつめてきた。

「よせ！　近寄るな」

荒川は震える手で柄を握ると、仕方なく刀を抜いた。強引に抜かされたといってもいい。

荒川は青眼《せいがん》に構えたが、大柄な武士にむけられた刀身はワナワナと震えていた。顔は恐怖にゆがんでいる。

「いざ、勝負！」

叫びざま、大柄な武士が踏み込んできた。

「…………！」

荒川はへっぴり腰で後じさった。

大柄な武士の切っ先が荒川の喉元《のどもと》に迫ると、恐怖に駆られた荒川が、ヤアアッ！と甲走《かんばし》った気合を発して斬り込んだ。真剣勝負の経験はなかったが、道場での稽古で覚えた体が勝手に反応したのである。

振りかぶりざま、真っ向へ――。

だが、迅《はや》さも鋭さもなかった。腰の引けた腕だけの斬り込みである。

大柄な武士は右手に体《たい》をひらいて、荒川の斬撃《ざんげき》をかわしざま、刀身を袈裟《けさ》に払った。一瞬の太刀捌《たちさば》きである。

切っ先が荒川の首筋をとらえた。

血飛沫《ちしぶき》が、激しく飛び散った。荒川は血を撒《ま》きながらよろめき、爪先《つまさき》を何かにとられてつんのめるように転倒した。

ワアアッ！

石黒が狂乱したように刀をふりまわし、痩身の武士に斬りかかった。構えも刀法もなかった。子供が棒をふりまわすのとあまり変わらない。石黒は荒川が斬られたのを見て、我を失ってしまったのだ。

痩身の武士は、脇へ跳びざま刀身を横に払った。その切っ先が、石黒の左袖を裂いたが、肌まではとどかなかった。痩身の武士も、思わぬ石黒の反応にすこし慌てたらしい。

石黒は抜き身を手にしたまま駆けだした。何か喚《わめ》きながら、和泉橋の方へ走っていく。手にした刀身が、にぶい銀色《しろがねいろ》にひかっている。

痩身の武士は石黒の後を追わず、

「なんだ、まるで、子供の遊びだな」

と、呆《あき》れたように言った。

「これが、千坂道場の剣か！　刀の構え方も知らぬ」

大柄な武士が、すこし離れた場所で固唾《かたず》を呑《の》んで見つめていた男たちにも聞こえるような大声で言った。

大柄な武士は納刀すると、

「これは、立ち合いだ!」

と言い置き、痩身の武士といっしょに来た道を引き返した。

2

戛《かつ》、戛《かつ》、と木刀を打ち合う乾いた音がひびいていた。

千坂道場内で、ふたりの男が木刀で打ち合っていた。道場主の千坂彦四郎《ひこしろう》と師範代の永倉平八郎《ながくらへいはちろう》が型稽古をおこなっていたのだ。

午後の稽古が終わって門弟たちが帰った後、彦四郎が、

「永倉、一汗かかないか」

と、永倉に声をかけたのである。

ふたりとも三十がらみだった。まだ若いこともあって、ふたりは門弟たちが帰った後、木刀の素振りや型稽古、ときには竹刀で真剣勝負さながらに打ち合うこともあった。門弟たちに指南するだけでは、己の腕も体も鈍《なま》ることを知っていたからである。

型稽古というのは、打太刀《うちだち》（指導者）と仕太刀《しだち》（学習者）に分かれ、一刀流の決まった刀法を身につける稽古である。

しばらく、彦四郎が打太刀をしていたが、

「今度は、永倉が打太刀をしてくれ」

と声をかけた。

「承知」

永倉は額の汗を手の甲で拭《ぬぐ》いながら言った。

門弟たちの前では、永倉も彦四郎に対して師匠のような言葉遣いをするが、ふたりだけになると、朋友のような物言いになった。年齢は永倉の方がすこし上で、剣の腕もあまり変わらなかったせいである。

永倉は偉丈夫で、首が太く、肩幅がひろかった。眉が濃く、大きな鼻をしていた。熊のような大男である。ただ、憎めない顔をしていた。よく動く丸い目に愛嬌《あいきょう》があり、悪戯《いたずら》小僧をそのまま大人にしたような風貌《ふうぼう》だった。

永倉は陸奥国《むつのくに》の畠江《はたえ》藩《はん》の家臣だった。藩の許しを得て千坂道場に通っていたのだ。住まいは、日本橋久松町の町宿《ちょうしゅく》だった。妻のおくめとふたりで住んでいた。町宿というのは、江戸の藩邸に入れなかった藩士が、市井の借家などに住むことである。

彦四郎は青眼に構え、剣尖《けんせん》を永倉の喉元につけた。隙《すき》がなく、腰が据わっている。

一方、永倉は八相《はっそう》に構えた後、ゆっくりと両拳《りょうこぶし》を下げ、木刀を顔の右側に立てた。一刀流の陰《いん》の構えである。

「いくぞ！」

永倉が先《せん》をとって、彦四郎との間合をつめ始めた。

そのときだった。道場の戸口に駆け寄る足音がし、「お師匠！　お師匠、大変です！」という叫び声が聞こえた。若い男の声である。

彦四郎は木刀を下ろし、

「門弟らしいぞ」

と言って、戸口に目をやった。

「何かあったようだ」

永倉も木刀を下ろし、ふたりはすぐに戸口にむかった。

戸口の土間に、石黒が立っていた。ひき攣ったような顔をし、ハァハァと荒い息を吐いている。ひどい姿だった。元結《もとゆい》が切れてざんばら髪になり、左袖が裂けて二の腕があらわになっていた。

「お、お師匠、荒川が、荒川が……」

石黒が喘《あえ》ぎながら悲痛な声を上げた。

「何があったのだ」

彦四郎が訊いた。

「き、斬られました」

「なに、斬られたと！」

永倉が驚いたような顔をした。

「だれに斬られたのだ」

すぐに、彦四郎が訊いた。

「わ、分かりません。いきなり、ふたりの武士が襲ってきて……」

石黒は身を顫わせて言った。

「場所は、どこだ」

まだ、荒川は生きているかもしれない。

「和泉橋を渡った先です」

「永倉、いくぞ」

「よし」

彦四郎と永倉はいったん道場にとって返し、念のために大刀だけを手にした。事情はまだはっきりしないが、荒川を斬ったふたりの武士が、まだその場に残っているかもしれないのだ。

彦四郎と永倉は石黒に先導され、和泉橋を渡った。すでに夕陽は家並の向こうに沈み、西の空が血を流したような夕焼けに染まっていた。神田川沿いの道を、人々が迫り来る夕闇に急《せ》かされるように足早に通り過ぎていく。

彦四郎たちは和泉橋を渡った後、そのまま北にむかっていっとき走った。

「お、お師匠、あそこ……」

石黒が喘ぎながら前方を指差した。

路傍に人だかりができていた。通りすがりの者たちらしいが、町人だけでなく武士の姿も目についた。

彦四郎たちが人だかりに近付くと、「千坂道場の者だ！」「道場主の千坂さまだぞ」などという声が聞こえ、人だかりが割れて道があいた。集まっている武士のなかに、彦四郎のことを知っている者がいるらしい。

武士がひとり伏臥《ふくが》していた。荒川である。荒川の周囲には、夥《おびただ》しい血が飛び散っていた。手にしていたと思われる刀が、脇《わき》に落ちている。

「荒川！」

永倉が走り寄り、俯《うつぶ》せに倒れている荒川の肩の下に手を差し入れ、ゆっくりと仰《あお》向《む》けにした。

「首か……！」

彦四郎は息を呑んだ。

荒川は首を横に斬り裂かれていた。赭黒《あかぐろ》くひらいた傷口から、頸骨《けいこつ》が白く覗《のぞ》いている。荒川は驚愕《きょうがく》と恐怖に顔をゆがめ、口をあんぐりあけたまま死んでいた。

「首を一太刀だ」

永倉がけわしい顔をして荒川の首の傷を見つめている。

「遣い手とみていいな」

彦四郎は、脇で顫えながら荒川の死に顔に目をむけている石黒に、

「相手の名は分からないのか」

と、胸の高鳴りを抑えながら訊いた。

「な、名乗りませんでした。……いきなり、剣術修行のため、一手ご指南を仰ぎたいといって、刀を抜いたのです」

石黒が声を震わせて言った。

「一手、ご指南だと！」

永倉が声を大きくして訊いた。

すると、彦四郎と永倉の背後にいた年配の武士が、

「それがし、ちょうど立ち合いの場に居合わせた者にござる」

そう前置きし、廻国修行の武士らしいふたりが、千坂道場の者かどうか石黒たちに訊いた後、勝負を挑んだことを話した。

その武士の背後にひかえていた中間が、

「あっしも、聞きやした。そいつら、無理やり真剣勝負を仕掛けたんでさァ」

うわずった声で言い添えた。

彦四郎が石黒に目をやると、

「そうです……」

石黒が肩を落とした。その顔が、悲痛と屈辱にゆがんでいる。

彦四郎たちが集まっている場所から一町ほど離れた路傍の樹陰に、三人の武士が立っていた。ふたりは小袖にたっつけ袴で、手に網代笠を持っていた。荒川と石黒に勝負をいどんだふたりの武士である。もうひとりは、若い武士だった。羽織袴姿で、二刀を帯びている。

「倒れている荒川の脇に屈《かが》んでいるのが、道場主の千坂彦四郎です」

若い武士が、小声で言った。

「体の大きな男は」

荒川を斬った大柄な武士が訊いた。

「師範代の永倉平八郎です」

「ふたりとも遣い手のようだ」

痩身の武士が言った。四十代半ばであろうか。彦四郎と永倉にむけられた細い目が、切っ先のようにひかっている。

「ふたりとも、遣い手です。それにもうひとり、千坂道場には遣い手がおります」

若い武士が言った。

「門弟か」

「いえ、先代の千坂藤兵衛《とうべえ》です。かなりの歳《とし》ですが、腕は道場主や師範代より上だとみている者が多いようです」

「千坂藤兵衛か。そやつも、いずれ斃《たお》さねばならんな」

瘦身の武士が低い声で言った。

3

母屋《おもや》の縁側から、庭の榎《えのき》が正面に見えた。太い幹で、枝葉が天を覆うようにひろがっている。

そこは、千坂道場の母屋の前にある庭だった。庭といっても庭木も庭石もなく、太い榎が一本、枝葉を茂らせているだけである。

その榎の幹を前にして、お花《はな》がひとり木刀をふるっていた、榎の幹を剣術の稽古相手にして、木刀でたたいていたのである。

お花は七歳だった。女児《おんなのこ》らしく、前髪を結ったり、芥子坊《けしぼう》を銀杏髷《いちょうまげ》にしたりせず、髪を後ろで束ねているだけだった。

男勝りの恰好《かっこう》だが、可愛い顔をしていた。黒眸《くろめ》がちの澄んだ目をし、色白のふっくらした頰《ほお》をしていた。その頰が紅葉《もみじ》色に染まっている。

お花は、道場主の彦四郎と妻の里美《さとみ》との間に生まれた子だった。剣術道場で生まれ、門弟たちのなかで育ったこともあって、若い門弟たちといっしょに木刀を振ったりすることもあった。

いま、お花の手にしている木刀は、二尺ほどの細くて短いものだった。彦四郎がお花のために作ってやったのだ。

榎の太い幹の樹肌には、削られたような傷痕《きずあと》があった。お花の母親の里美が、七つ八つのころに、榎を相手に木刀で剣術の稽古をした痕跡である。里美も、道場主だった千坂藤兵衛の子に生まれ、門弟たちのなかで育ったのだ。

縁側には、千坂藤兵衛と里美の姿があった。

「里美、門弟の荒川辰之助が何者かに斬られたそうだな」

藤兵衛が、湯飲みを手にして言った。里美が淹《い》れてくれた茶である。

藤兵衛は還暦にちかい老齢で、鬢《びん》や髷には白髪《しらが》が多く、顔の皺《しわ》も目立った。丸顔で目が細く、野辺の地蔵のような穏やかな顔をしている。

ただ、少年のころから剣術の稽古で鍛え上げた体はまだ衰えていなかった。どっしりとした腰をし、胸が厚く首や腕が太かった。

「はい……。和泉橋を渡った先で、立ち合いを挑まれたそうです」

里美が眉を寄せて言った。

里美は二十代半ばだった。色白で目鼻だちのととのった顔をしていた。その顔を、憂慮の翳《かげ》がおおっている。

里美は母親らしく丸髷を結っていたが、武家の妻のように眉を剃《そ》ったり、鉄漿《かね》をつけたりはしなかった。道場の男たちのなかで育ったせいか、化粧をしたり鉄漿をつけたりするのを好まなかったのだ。

里美は若いころから千坂道場の女剣士と呼ばれるほどの腕で、いまでも道場で若い門弟やお花に剣術の指南をすることがあった。

「わしも、そのことを耳にしてな。来てみたのだ」

藤兵衛も眉を寄せた。

藤兵衛は千坂道場を出て、柳橋の料亭、華村《はなむら》の女将《おかみ》、由江《よしえ》の許《もと》で暮らしていた。由江は彦四郎の母親だった。藤兵衛は以前から由江と心を通じ合い同居を望まれていたが、なかなか踏ん切りがつかず、行き来するだけだったが、やっとその気になっていっしょになったのである。

「父上は、道場に寄られたのですか」

里美が訊いた。

道場の稽古は、そろそろ終わるころだった。彦四郎は、藤兵衛が来ていると知っていれば、稽古が済み次第、母屋にもどるはずである。

千坂道場の午後の稽古は、八ツ半（午後三時）から一刻（二時間）ほどということになっていた。ただ、午後の稽古への参加は、門弟たちの自由にまかされていた。道場をあけておくので、いつ来て稽古をしてもよいといった程度である。そうはいっても、午後も稽古に来る門弟たちは多かった。彦四郎と永倉も特別なことがなければ、門弟たちの指南にあたる。

「道場に寄ってな、彦四郎には、ここにいると話してある」

藤兵衛が言った。

「それなら、そろそろみえるころです」

陽《ひ》は西の空にまわっていた。道場から聞こえていた気合や竹刀を打ち合う音もやんでいる。

「父上だ！」

お花が声を上げた。

見ると、彦四郎と永倉が稽古着姿のままこちらに歩いてくる。

お花は木刀を手にしたまま彦四郎と永倉のそばに走り寄った。

「お花どの、剣術の稽古でござるか」

永倉は剽《ひょう》げて、大人に対する物言いをした。

「打ち込みをしてたの」

お花が、巨軀《きょく》の永倉を見上げて言った。

「ならば、明日にでも、お花どのと一手まいろうかな」

永倉は熊のような大男だが、子供好きだった。稽古が終わった後、道場に姿を見せたお花と遊んでやることがあったのだ。

「負けないぞ」

お花が飛び上がるようにして声を上げた。

そんなやり取りをしながら彦四郎と永倉は、縁先まで来た。

里美は、いま、お茶を淹れます、と言い置いて、立ち上がると、

「花、おいで」

と、呼んだ。お花は、男たちの話の邪魔になるとみたらしい。

お花は、縁側に上がると里美についていった。台所で、菓子でももらうつもりかもしれない。

「どうだ、門弟たちに変わりはないか」

藤兵衛が彦四郎に訊いた。

「口では言いませんが、みな動揺しているようです」

彦四郎の顔には、憂慮の色が濃かった。

「今日は十人ほどすくなく、稽古もふだんのような活気がありませんでした」

永倉が言い添えた。

「わしも、話を聞いて気になって来てみたのだが……。彦四郎、半月ほど前だが、

同じようなことがなかったか」

藤兵衛が小声で訊いた。

「そう言えば、小島《こじま》と室橋《むろはし》が道場からの帰りに、ふたりの武士に跡を尾けられたと話したことがありました」

彦四郎が言った。小島と室橋は、千坂道場の門弟である。

「わしは、千坂道場の門弟が狙《ねら》われているような気がしてならないのだ」

藤兵衛がつぶやくような声で言った。

「だれが、何のために門弟を狙っているのでしょうか」

永倉が身を乗り出すようにして訊いた。

「分からん、そんな気がするだけだ」

藤兵衛は視線を膝先《ひざさき》に落とした。

次に口をひらく者がなく、風に揺れる榎の葉ずれがサワサワと聞こえていた。

「それに、これで終わったとは思えないのだ」

藤兵衛が言った。

「また、門弟が何者かに襲われるとみておられるのですか」

永倉が藤兵衛に顔をむけて訊いた。

「そうだ」

「おれも、そんな気がする」

彦四郎が藤兵衛に続いて言った。

「他にも懸念がある」

藤兵衛が言うと、彦四郎と永倉が藤兵衛に顔をむけた。

「わしの耳に聞こえてくる道場の評判が、あまりよくないのだ」

「どういうことです」

「負け方があまりに無様だ、と口にする者がいるようだ。……見ていた者が、まるで子供が刀をふりまわしていたようだったと話したらしい」

「ですが、荒川はまだ道場に通い始めたばかりです」

荒川たちが真剣勝負などまともにできなくて当然だ、と彦四郎は思った。

「だがな、見ている者はそうは思わぬ」

「…………」

彦四郎が眉を寄せて口をつぐんだ。

「さらに、門弟が襲われ、斬られるようなことになれば、道場の評判は地に落ちような」

「おのれ！」

永倉が顔に怒りの色を浮かべた。

「それでな、何者が何のために門弟を狙うのか分かるまで、しばらくの間、午後の稽古を早目に切り上げたらどうかと思ったのだ」

「そうします」

彦四郎は、様子が知れるまで午後の稽古を早目に切り上げ、門弟たちにまとまって帰るように話そうと思った。

4

その後、何事もなく一月《ひとつき》ほどが過ぎた。門弟たちは、すこし人数が減ったが午後も稽古に来て汗を流している。

門弟たちが帰った後、彦四郎と永倉が稽古着のまま道場内で木刀の素振りをしていると、戸口に近付いてくる足音がした。

「だれか、来るぞ」

永倉が木刀を下ろし、小声で言った。

彦四郎も素振りをやめて戸口に耳をむけた。彦四郎と永倉の胸を、荒川が斬殺されたときのことがよぎったのである。

「お師匠、おられますか」

戸口で声が聞こえた。

「米山《よねやま》だぞ」

永倉が言った。

声の主は、門弟の米山新次郎《しんじろう》だった。米山は今日の稽古に姿を見せなかった。それに、声に切羽詰まったひびきがない。襲われたのではないようだ。

「おれが、様子を見てくる」

永倉が戸口にむかった。

戸口で、永倉と米山のやり取りが聞こえ、すぐに永倉が米山と初老の武士を連れて道場に入ってきた。

「こちらは、松田作兵衛《まつださくべえ》どのです」

そう言って、永倉が初老の武士に目をやると、

「松田作兵衛にございます。それがし、土屋庄左衛門《つちやしょうざえもん》さまにお仕えしております」

初老の武士が、彦四郎に頭を下げた。

彦四郎は土屋のことを知っていた。土屋は家禄千五百石の大身《たいしん》の旗本である。役柄は御小納戸頭取《おこなんどとうどり》だった。将軍に近侍し御用向きの諸事にあたっている御小納戸衆を指図する要職である。

米山は土屋家に仕える家士だった。米山によると、松田は長年土屋家に仕える用人だという。

土屋家の屋敷は、神田小川町にあった。米山は小川町から千坂道場に通っていたのである。

「千坂彦四郎でございます。……ここで、話をうかがわせてもらってもよろしいでしょうか」

彦四郎は、道場の床に腰を下ろして話そうと思った。母屋には里美やお花がいるので、かえって話しづらいだろう。

「結構でござる」

松田は自分から道場の床に腰を下ろした。

「どのようなお話でしょうか」

彦四郎は、土屋家に仕える用人の松田が何のために道場を訪ねてきたのか、まったく分からなかった。

「実は、殿には十五歳になられるご嫡男の松太郎《まつたろう》さまと、ご次男で十二歳の長次郎《ちょうじろう》さまがおられます」

松田によると、土屋はふたりの子に剣術を身に付けさせたいと考えているが、近くに適当な道場がないという。

「そうしたおりに、殿は米山から当道場のことを耳にされたのです」

松田が言うと、脇に座していた米山が、

「それがしから、殿にお師匠やご師範のことをお話ししました」

と、身を乗り出して言った。

「殿は米山から話を聞き、ふたりのお子に屋敷内で剣術の稽古をさせたいとお考えになったようです。それで、お屋敷に剣術指南に来ていただければ、ありがたいのですが」

　松田が言い添えた。

「出稽古でござるか」

　唐突な話だったので、彦四郎は即答できなかったが、幕閣の要職にいる土屋家への出稽古なら行ってもいいような気がした。自分はともかく、道場の門弟のなかで腕のたつ者を同行し、土屋に認められれば、将来の道がひらける者が出てくるかもしれない。それに、千坂道場にも箔《はく》が付くだろう。

「いや、すぐにというわけではござらぬ。千坂どのにもご都合がござろう。ちかいうちに、ここにいる米山をとおしてご返答いただければ、それで結構です」

　松田が表情をやわらげて言った。

「分かりました。ここ数日のうちに、ご返答いたします」

　彦四郎は、念のために藤兵衛にも話してみようと思った。

　二日後、彦四郎は里美とお花を連れて柳橋に足をむけた。藤兵衛に土屋家への出稽古のことを話してみようと思ったのである。それに、しばらく華村に顔を出していなかったので、由江と話したい気もあったのだ。

お花は華村に行くことを知ると、嬉《うれ》しそうな顔をした。藤兵衛や由江と会えることもあるのだろうが、お花の目当ては華村で出してくれるご馳走《ちそう》である。華村は料理屋だけあって、お花の好きな卵焼きや季節の果物なども用意してくれるのだ。

彦四郎は午後の稽古を終えると、お花と里美を連れて道場を出た。秋の陽射しが通りを照らしていた。


千坂道場から一町ほど離れた路傍で、彦四郎たちに目をむけている三人の男がいた。荒川たちを襲った痩身の武士のほか、若い武士、それに町人だった。町人は、濃紺の腰切半纏《こしきりばんてん》に黒股引《くろももひき》姿だった。

「あれが、道場主の妻子か」

痩身の武士が若い武士に訊いた。

「そうです。名は里美。若いころは、千坂道場の女剣士といわれた遣い手のようです」

「女剣士な」

痩身の武士の口許に薄笑いが浮いたが、

「伊七《いしち》、三人の跡を尾けてみろ。行き先を知りたい」

と言って、顔の薄笑いを消した。

「へい」

伊七と呼ばれた男はすぐにその場を離れ、彦四郎たち三人の跡を尾け始めた。

伊七が遠ざかると、瘦身の武士が、

「ところで、千坂道場に土屋家の用人が来たそうだな」

と、若い武士に訊いた。

「はい、道場から出る姿を見かけました」

「何の用で来たのだ」

「分かりません」

「たしか、土屋家には嫡男と次男がいたな」

「はい」

「用人が千坂道場に来たとなると、ふたりのお子の剣術指南の話かもしれんぞ。すこし、探ってみろ」

瘦身の武士の顔がけわしくなった。

「…………」

若い武士は、無言でうなずいた。

5

「米山、土屋さまのお屋敷には、おれと永倉、それに秋山《あきやま》と佐々木《ささき》とでうかがうことにした。松田どのに、そうお伝えしてくれないか」

彦四郎が米山に言った。

道場内に、彦四郎、永倉、米山の三人がいた。午後の稽古が終わった後、彦四郎が米山を呼んで伝えたのである。

米山と松田が千坂道場に来て出稽古の要請をしてから、一週間ほど経《た》っていた。この間、彦四郎は藤兵衛とも相談し、出稽古に行くことを承諾して松田に伝えていた。そして、松田から、屋敷の方にも都合があるので、半月ほどしてから来ていただきたい、との報《しら》らせがあったのだ。

そのおり、松田から「道場から、どなたが来ていただけるのか」との問いもあった。それで、彦四郎は稽古が終わった後、米山を呼んで、四人の名を伝えたのだ。秋山周助《しゅうすけ》と佐々木政之助《まさのすけ》は、千坂道場の高弟にして遣い手であった。

彦四郎は、いずれ千坂道場の門弟たちの育成に専念するつもりだった。そのため、様子をみて、土屋家の出稽古は高弟の秋山と佐々木に頼もうと思っていた。むろん、秋山たちに任せきりにするのではなく、彦四郎や永倉も顔を出す。

「承知しました。松田さまにお伝えします」

米山が答えた。

「米山、松太郎さまと長次郎さまだが、どんなご様子かな」

永倉が訊いた。

「はりきっておられます。昨日なども、おふたりは屋敷にある竹刀を持ち出して庭で振っておられましたから」

「それは楽しみだ」

永倉が目を細めた。

「ところで、稽古に参加する者だが、何人ほどになるかな」

彦四郎が訊いた。当然、松太郎と長次郎の他に土屋家に奉公する家士たちもくわわるだろう。

「松太郎さまと長次郎さまの他に、十人ほどご指南を受けることになっております。それがしも、いっしょに」

米山が身を乗り出すようにして言った。

「承知した」

彦四郎は、それだけの人数なら、いずれ永倉や高弟たちにまかせても大丈夫だろうと思った。

それから、いっとき話した後、

「お師匠から承ったこと、松田さまにお伝えします」

米山がそう言って、立ち上がった。

米山はひとり道場を出た。二刀を帯び、剣袋を手にしていた。剣袋には木刀と竹刀が入っている。

七ツ半(午後五時)ごろだった。陽は西の空にまわり、通りには家々の影が長く伸びていた。

米山は急ぎ足になった。これから、神田小川町にある土屋家の屋敷にもどり、松田に彦四郎の話を伝えるつもりだった。

米山は豊島町の通りから柳原通りに出ると、西に足をむけた。柳原通りは、まだ人通りが多かった。仕事から帰る職人やぼてふりなどにくわえ、古着を買う者の姿が目立った。柳原通りには、古着を売る床店《とこみせ》が並んでいたのである。

米山は和泉橋のたもとを過ぎたとき、何気なく背後を振り返った。ふたりの男が歩いてくる。

……あのふたり、おれを尾けているのではあるまいか。

米山は胸の内でつぶやいた。

大柄な武士と町人だった。武士は網代笠をかぶり、小袖にたっつけ袴姿である。町人は濃紺の腰切半纏に黒股引姿で、手ぬぐいで頬《ほ》っかむりしていた。米山は、そのふたりの姿を豊島町の通りでも見かけていたのだ。

……武士はひとりだ。気にすることはあるまい。

米山は千坂道場の門弟たちから、荒川と石黒を襲ったのはふたりの武士と聞いていたのだ。

米山は和泉橋のたもとを通り過ぎていっとき歩いてから、左手の道に入った。その道は岩井町から平永町につづいていた。さらに、小柳町を経て中山道を横切れば、小川町へ行くことができる。柳原通りをそのまま西にむかうより近道なのだ。

米山は岩井町に入って間もなく、あらためて背後を振り返ってみた。

……武士、ひとりだ。

いつの間にか、町人の姿はなくなっていた。

米山は案ずるようなことはないと思った。武士は、たまたま米山と同じ道を歩いているだけであろう。

岩井町から平永町に入ると道が狭くなり、急に人影がすくなくなった。道沿いには、小体《こてい》な店や仕舞屋などもあったが、空き地や笹藪《ささやぶ》などが目立つようになった。

そのとき、米山は背後に近付いてくる足音を耳にして振り返った。網代笠をかぶった武士が、四、五間《けん》後ろにいた。足早に、米山に近付いてくる。

……おれを、狙っている！

米山の背筋に冷たいものがはしった。

米山は背後の武士から逃げようとして走りだした。だが、すぐにその足がとまった。前方の路傍にふたりの男が立っていた。

瘦身の武士と町人だった。町人は、米山の背後を大柄な武士といっしょに歩いていた男である。どこかで脇道に入り、米山の前に出たにちがいない。

瘦身の武士と町人は、前方から足早に近付いてきた。瘦身の武士は、網代笠をかぶって顔を隠していた。

米山は振り返った。大柄な武士が足早に迫ってくる。

……挟み撃ちだ！

米山は足をとめて逃げ場を探した。

だが、近くに逃げ込めるような場所はなかった。路地の右手は仕舞屋の板塀で、左手は笹藪だった。咄嗟《とっさ》に笹藪に飛び込もうと思ったが、間に合わない。すでに大柄な武士との距離は、五間ほどしかなかった。

米山は仕舞屋の板塀を後ろにした。せめて、背後からの攻撃を避けようとしたのである。

米山の前に、瘦身の武士が立った。大柄な武士は左手にまわり、町人は右手にまわり込んできた。

6

「な、何者だ！」

米山が声を震わせて誰何《すいか》した。

「廻国修行の者でござる。一手、ご指南を仰ぎたい」

痩身の武士が低い声で言った。

「う、うぬらだな。荒川を斬ったのは」

米山は刀の柄に手をかけた。その手が、震えている。

「われらは、荒川どのと尋常に立ち合ったのでござる」

痩身の武士は左手で鯉口を切り、右手を柄に添えた。

左手にまわり込んだ大柄な武士も、抜刀体勢をとっている。右手の町人は懐《ふところ》に手をつっ込んでいた。匕首《あいくち》でも呑んでいるのだろう。

「さ、三人で取り囲んで、何がご指南だ。……挟み撃ちではないか」

「おれが相手になる。ふたりは、逃げ道をふさいでいてくれ」

言いざま、痩身の武士が抜刀した。

「おのれ！」

米山も抜いた。

すると、左手の大柄な武士も抜刀し、米山に切っ先をむけたまますこし後じさった。この場は、痩身の武士にまかせるつもりらしい。

町人も匕首を手にして後じさり、大きく間合をとった。闘いにくわわるつもりはないようだ。

米山と痩身の武士の間合は、およそ四間だった。まだ、一足一刀《いっそくいっとう》の斬撃の間境《まざかい》の外である。

痩身の武士は八相に構えた。両肘《りょうひじ》を高くとり、刀身を垂直に立てている。八相は木の構えともいわれるが、まさに大樹を思わせるような大きな構えであった。

米山は青眼に構え、すこし刀身を上げて剣尖を痩身の武士の左拳につけた。八相に対応する構えだが、その剣尖が小刻みに震えていた。気の昂《たかぶ》りで体に力が入り過ぎて両腕が震えているのだ。

「いくぞ！」

痩身の武士が声をかけ、間合をつめ始めた。

対する米山は、その場から動かなかった。切っ先を上下に動かして牽制《けんせい》したが、痩身の武士は寄り身をとめなかった。ジリジリと迫ってくる。

米山は武士の構えに威圧を感じて後じさったが、すぐに踵《かかと》が板塀に迫り、それ以上下がれなくなった。

イヤアッ！

突如、米山が甲走った気合を発した。気合で、痩身の武士の寄り身をとめようとしたのである。

だが、痩身の武士はすこしも動ぜず、八相に構えたまま米山に迫ってくる。

米山は痩身の武士との間合が狭まると、その威圧に呑まれ、腰が浮いて剣尖が高くなった。

ふいに、痩身の武士が寄り身をとめた、斬撃の間境の半歩手前である。痩身の武士は全身に激しい気勢をこめ、斬撃の気配を見せた。いまにも、斬り込んできそうである。

米山は痩身の武士の威圧に耐えられなくなり、

エエイッ！

気合とともに、斬り込んだ。

青眼から袈裟へ――。捨て身の攻撃だった。

刹那《せつな》、痩身の武士は半歩身を引いた。俊敏な動きである。

米山の切っ先は痩身の武士にとどかず、武士の胸先の空を切って流れた。痩身の武士は米山の切っ先を一寸の差で見切ってかわしたのだ。

次の瞬間、痩身の武士の裂帛《れっぱく》の気合がひびき、体が躍った。

八相から袈裟へ――。

稲妻のような閃光《せんこう》がはしり、かすかな骨音がした。

と、米山の額から鼻筋にかけて赤い筋がはしり、血と脳漿《のうしょう》が飛び散った。痩身の武士の切っ先が、米山の額をとらえたのだ。

米山は悲鳴も呻《うめ》き声も上げず、腰からくずおれるように転倒した。

地面に仰臥《ぎょうが》した米山は、かすかに四肢を痙攣《けいれん》させていたが、体は動かなかった。

額が柘榴《ざくろ》のように割れ、白い頭骨がのぞいていた。噴出した血が、米山の顔を鬼のように赤く染めていく。

瘦身の武士は倒れた米山の脇に立つと、

「たわいもない」

と、つぶやき、懐紙で刀身の血を拭って納刀した。

「こいつは、どうしやす」

町人が訊いた。

「放っておけ。いずれ、土屋家から駆け付けよう」

瘦身の武士は、懐手をしてゆっくりと歩きだした。

大柄な武士と町人が、瘦身の武士の後につづいた。いつの間にか陽は沈み、樹陰や笹藪のなかに淡い夕闇が忍び寄っている。

門弟の篠山三郎《しのやまさぶろう》が飛び込んできて、

「お師匠、大変です！　米山どのが、何者かに斬られました」

と、声を震わせて言った。

千坂道場だった。道場内には、彦四郎の他に永倉と十人ほどの門弟がいた。まだ、五ツ（午前八時）前だった。千坂道場の朝稽古は、五ツから四ツ半（午前十一時）

ごろまでとされていた。門弟たちが、朝稽古に集まり始めたころである。

「米山が斬られたと！」

思わず、彦四郎が声を上げた。

その場にいた永倉や門弟たちは息を呑んで、彦四郎と篠山を見つめている。

「は、はい、昨日、平永町で……」

「昨日、斬られたのか」

道場からの帰りに斬られたのではないか、と彦四郎は思った。昨日の午後の稽古の後、彦四郎と永倉で米山に出稽古の話をし、松田に伝えるよう頼んだのである。

「篠山、米山は死んだのか」

永倉が訊いた。

「は、はい……。土屋さまに仕えている方から聞きました」

篠山は、米山と同じように小川町から道場に通っていた。小身の旗本の次男坊である。おそらく、土屋家に奉公する家士から聞いたのであろう。

「すると、米山の遺体は平永町にはないのだな」

彦四郎が訊いた。

「昨日のうちに、土屋さまのお屋敷に運ばれたそうです」

篠山が、悲痛な顔をして言った。

道場内は、重苦しい雰囲気につつまれた。その場に集まっていた門弟たちの顔には、不安と悲痛の色があった。

「土屋家の方に、様子を聞いてみよう。……そろそろ稽古の支度をしろ」

彦四郎が道場内にいる門弟たちに声をかけた。いまは、動きようがなかった。それに、門弟たちの動揺を抑えねばならない。

7

道場内は、重苦しい沈黙につつまれていた。

午後の稽古が終わってから、半刻（一時間）ほど過ぎていた。道場内には、彦四郎、永倉、藤兵衛、それに高弟の秋山と佐々木の姿もあった。

米山が何者かに斬られた三日後である。噂を聞いた藤兵衛が道場に顔を出し、門弟たちが帰った後、五人で集まったのだ。秋山と佐々木に声をかけたのは、彦四郎だった。ふたりには土屋家の出稽古の話がしてあったからである。

「それで、米山を斬ったのは、何者か知れたのか」

藤兵衛があらためて訊いた。

「名は知れませんが、荒川たちを襲った者たちのようです」

彦四郎は、門弟たちが噂しているのを耳にしたのだ。

「また、米山に立ち合いを挑んだようですが、三人で米山の逃げ道をふさいだそうなので、待ち伏せして襲撃したのと同じです」

永倉が言った。声に怒りのひびきがあった。

「それがしも、同じような話を聞いています」

秋山が言い添えた。

秋山は三十代半ばだった。藤兵衛の代から千坂道場の門弟として一刀流を修行した男である。

「何者か知らぬが、修行のための立ち合いと称してこの道場の門弟を狙っているようだ」

藤兵衛が顔をけわしくして言った。

「そのようです」

彦四郎の顔もけわしかった。

「それで、門弟たちの様子はどうだ。動揺しているのではないか」

「稽古中は表に出しませんが、かなり動揺しています。それに、稽古に来る門弟たちがこのところ、すくなくなっているのです」

彦四郎が言った。

「うむ……」

藤兵衛の顔を憂慮の翳《かげ》がおおった。

次に口をひらく者がなく、道場内は重苦しい沈黙につつまれたが、

「それで、土屋家から何か言ってきたのか」

藤兵衛が声をあらためて訊いた。

「昨日、道場に松田どのがみえられ、剣術の出稽古は、すこし様子をみてから始めたいとのことでした」

松田によると、当主の土屋庄左衛門が、米山が千坂道場の帰りに何者かに斬られたことを耳にし、その下手人がはっきりするまで、屋敷内の稽古は見合わせたいと

言い出したという。

「それに、他の道場からも出稽古の話があったそうです」

彦四郎が言い添えた。

「他の道場というと」

藤兵衛が訊いた。

「どこの道場かは聞いていません」

「うむ……」

藤兵衛は腑《ふ》に落ちないような顔をしたが、それ以上何も言わなかった。

「いったい、何者がこのようなことを……」

佐々木が顔をしかめて言った。

佐々木は三十がらみだった。秋山の弟弟子にあたるが、やはり千坂道場の腕のたつ高弟のひとりである。

「おれは、他に気になることがある」

それまで黙って話を聞いていた永倉が、沈痛な顔でつぶやいた。

「何が気になるのだ」

藤兵衛が訊いた。

「門弟たちが噂していることです」

「どんな噂だ」

「ちかごろ、千坂道場の悪い噂を耳にするようになったそうです」

「悪い噂だと」

藤兵衛が永倉に目をやって訊いた。

「千坂道場の門弟たちの剣術は、まるで子供の棒振りのようだ。あれで、剣術の稽古をしているのか、とからかったり馬鹿にしたりする者が増えたそうです」

永倉の声に憤怒のひびきがあった。

「おれも耳にしている」

彦四郎が言い添えた。

「荒川につづいて米山が、他流の者に真剣勝負を挑まれて斬られたせいだな」

藤兵衛の顔がいつになくけわしかった。

「稽古に来る者がすくなくなったのは、そうした噂のせいもあるようです」

彦四郎は、このままだと、稽古を休むだけでなく道場をやめる者も出てくるのではないかと思った。

「何者か知れぬが、この道場をつぶそうとしているのではあるまいか」

藤兵衛が沈痛な顔をして言った。

「それがしも、そんな気がする」

永倉がつぶやいた。

次に口をひらく者がなく道場内は静寂につつまれていたが、

「このまま座視している手はないな」

藤兵衛が低い声で言った。双眸《そうぼう》が刺すようなひかりを帯びている。

「義父上《ちちうえ》、何か手はありますか」

彦四郎が訊いた。

その場に集まっていた永倉、秋山、佐々木の目が藤兵衛に集まった。

「まず、そやつらが何者かつきとめねばならぬが、わしらだけでは、荷が重いかもしれん。坂口《さかぐち》の手を借りよう」

坂口主水《もんど》は、北町奉行所の臨時廻り同心だった。若いころ、千坂道場に通っていたことがあり、藤兵衛のことをいまでも師匠と呼んでいる。それに、坂口の嫡男、綾之助《あやのすけ》も千坂道場の門弟だった。親子二代に亘《わた》って、千坂道場の門弟ということになる。そうしたつながりがあったので、千坂道場にかかわる事件が起こると、藤兵衛や彦四郎は坂口に事件の探索を頼むことがあったのだ。

「佐太郎《さたろう》にも頼みますか」

彦四郎が言った。

「それがいい」

佐太郎は町人でしゃぼん玉売りをしていたが、剣術が好きで千坂道場の門弟になった変わり者である。

その後、佐太郎は弥八《やはち》という岡っ引きと知り合い、下っ引きのようなことをしていた。そして、いまは八丁堀同心から手札をもらって岡っ引きになっていた。佐太郎は千坂道場の門弟だが、岡っ引きの仕事が忙しいのか、道場にはあまり顔を出さなくなった。それでも、藤兵衛や彦四郎が頼めば、探索にあたってくれるはずである。

「われらは、どう動きますか」

永倉が訊いた。

「いま、もっとも大事なのは、門弟から次の犠牲者を出さぬことだな」

藤兵衛が言った。

「しばらく、われらが手分けして、襲われそうな道筋を帰る門弟たちを送ろう」

彦四郎は、いまのところそれしか門弟たちを守る手はないと思った。

「承知した」

永倉が言うと、秋山と佐々木がうなずいた。

第二章　道場破り

1

　藤兵衛は、楓川《もみじがわ》にかかる海賊橋のたもとに立っていた。そこは、日本橋本材木《ほんざいもく》町《ちょう》である。

　七ツ（午後四時）ごろだった。藤兵衛は坂口が来るのを待っていた。坂口は市中巡視から帰るとき、海賊橋を渡って、町奉行所の同心たちの住む組屋敷のある八丁堀へむかうのである。

　……そろそろ、来てもいいころだがな。

　藤兵衛が、この場に来て半刻（一時間）ちかくも経っていた。陽も西の空にまわり、橋のたもと近くにある店の影が長く伸びていた。

　それからいっときして、日本橋の方から歩いてくる坂口の姿が見えた。ふたり手先を連れていた。ひとりは、六助《ろくすけ》という小者だった。もうひとりは、岡っ引きの音《おと》次《じ》である。坂口は巡視のおりに、六助と音次を供に連れて歩くことが多く、藤兵衛もふたりの顔を知っていた。

坂口は藤兵衛の姿を目にすると小走りに近寄り、

「お師匠、それがしを待っておられたのですか」

と、驚いたような顔をして訊いた。こんな場所に、藤兵衛がいるとは思いもしなかったのだろう。

坂口は千坂道場を去って久しいが、いまでも藤兵衛をお師匠と呼んでいる。

「坂口に頼みがあってな」

藤兵衛が小声で言った。

坂口が橋のたもとに目をやり、

「どうです、そばでも食べながら話しますか」

と言って、楓川の岸際を指差した。

そば屋があった。二階建ての大きな店である。

「そうするか」

藤兵衛は、歩きながら話してもいいと思ったが、そこは人通りが多かった。海賊橋を渡った先にも通行人が行き交っている。それに、南北の奉行所から八丁堀に帰る同心の姿も目についた。坂口も話しづらいだろうと思い、そば屋に入ることにしたのだ。

坂口は六助と音次に、

「供は、ここまででいい。おれはお師匠と話があるので、先に帰れ」

と指示して、ふたりを帰した。

坂口と藤兵衛は、そば屋の追い込み座敷の奥にあった小座敷に腰を落ち着けた。

坂口は小女《こおんな》に酒とそばを頼んだ後、

「お師匠、何かあったのですか」

と声をひそめて訊いた。

「綾之助から聞いてないか。千坂道場の門弟が、ふたり斬られたのだ」

「そのことなら、倅《せがれ》から、ふたりの門弟が他流の者に立ち合いを挑まれて敗れたと聞いていますが」

「表むきはそうらしいが、立ち合いというより、襲われて斬られたとみていい」

藤兵衛は、彦四郎から聞いていた荒川と米山が斬られたときの様子をかいつまんで話した。

「たしかに、他流試合とは言えませんね」

坂口が小声で言った。

「わしらが懸念しているのは、荒川と米山だけではすまず、これからも門弟が狙われるのではないかということなのだ」

「………！」

坂口の顔がけわしくなった。倅の綾之助も狙われかねない、と思ったのかもしれない。

「それでな、坂口に頼みがあるのだ」

藤兵衛が声をあらためて言った。

「なんでしょうか」

「何者が、千坂道場の門弟を狙って立ち合いを挑んでくるのか、探ってもらいたいのだ」

「ですが、町方は武家に手を出すことは……」

坂口が語尾を濁した。

町奉行が支配するのは町人で、支配地は町人地である。幕臣は頭《かしら》支配で、藩士は藩主である。町奉行所の同心も、武士には手が出せないのだ。

「いや、そやつらが何者なのか探るだけでいいのだ。何者が門弟を狙っているのか分かれば、わしらの手で何とかする」

藤兵衛は、相手にもよるが、こちらから立ち合いを挑んで討ち取ってもいいと思っていた。

「やってみましょう」

坂口が顔をひきしめて言った。双眸に、やり手の同心らしい鋭いひかりが宿っている。

そんなやり取りをしているところに、酒肴《しゅこう》がとどいた。藤兵衛と坂口は、酒を注《つ》ぎ合っていっとき喉をうるおしてから、

「坂口、それとなく探るだけでいいぞ。手は出さんでくれ」

藤兵衛が声をあらためて言った。坂口はむろんのこと、手先からも犠牲者を出したくなかったのだ。

「そうします。……何か知れたら、道場に寄らせていただきますよ」

「わしの方からも、分かったことは坂口の耳には入れるつもりだ」

「弥八と佐太郎は、どうします」

坂口が訊いた。

「ふたりにも頼むつもりだが、坂口さえよければ、わしから話そう」

これまでも、藤兵衛は自分で弥八に話すことが多かったのだ。佐太郎は、門弟でもあったので、彦四郎から話してもいい。

「そうしてください」

坂口も承知した。

それからふたりは、とどいたそばをたぐってから店を出た。

「お師匠、道場へもどられますか」

坂口が、店先で訊いた。

「帰りに、本石町《ほんごくちょう》に寄ってみるつもりだ」

ふだん、弥八は十間店《じっけんだな》本石町の通りの人形店の隅で、甘酒や冷水を売っていた。いまの季節は冷水であろう。冷水は冷たい水に砂糖、白玉などを入れ、一杯四文ほどで売っていた。

日本橋十間店本石町は、雛市《ひないち》がたつことで知られていて、通り沿いには人形店や小屋掛けの仮店などが並んでいた。ただ、いまは初秋なので、雛祭りも端午《たんご》の節句も終わっていた。それでも日本橋に近いこともあって人通りは多いはずだ。

「もう店仕舞いして、いないかもしれんがな」

そう言い置いて、藤兵衛は坂口と別れた。


藤兵衛は十間店本石町の表通りに入ると、弥八の姿を探した。すでに、暮れ六ツ(午後六時)を過ぎていた。通り沿いの人形店も表戸をしめ、賑《にぎ》やかな通りも人影はまばらになっていた。

……弥八は、帰ったかな。

来るのが遅過ぎた、と藤兵衛は思った。

今日は諦めて出直すつもりで、藤兵衛が東にむかう通りへ足をむけようとしたとき、通りの先に弥八の姿が見えた。弥八は冷水を入れる桶《おけ》と簡単な屋台を天秤《てんびん》で担いでいた。商売を終えて帰るところらしい。

藤兵衛は路傍に立って弥八が近付くのを待った。

弥八は藤兵衛の姿を目にすると、足早に近付いてきて、

「旦那《だんな》、あっしを待ってたんですかい」

と驚いたような顔をして訊いた。

弥八は三十代半ばだった。路上での商売のせいもあって、陽に灼《や》けた浅黒い肌をしていた。面長《おもなが》で目が細く狐《きつね》のような顔をしている。

「そうだ。頼みがあってな」

藤兵衛は、歩きながら話そう、と言って、弥八といっしょに歩きだした。

「何かありやしたか」

弥八が低い声で訊いた。腕利きの岡っ引きを思わせる剽悍《ひょうかん》そうな顔付きである。

「道場の門弟がふたり、何者かに斬られたのを知っているか」

藤兵衛が低い声で言った。

「噂は耳にしやした」

「真剣勝負を挑まれて斬られたらしいのだが、何者かが千坂道場の門弟を狙って襲っているようだ」

「相手は、分からねえんですかい」

「武士がふたり、それに町人がひとり……。名も住まいも分からない。その三人の他に、仲間がいるかもしれん」

藤兵衛は、道場の門弟を狙っているのは三人だけではないような気がしたのだ。

「そいつら、何が目当てで門弟たちを狙ってるんです。……金が狙いとは、思えねえが」

弥八が首をかしげた。

「はっきりしたことはわしにも分からんが、千坂道場の名を貶《おとし》めようとしているのかもしれん」

事実、門弟たちは千坂道場を誹謗《ひぼう》する噂を聞いているのだ。

「それで、あっしは何をすればいいんで」

弥八が藤兵衛に目をやって訊いた。

「ふたりの門弟を襲ったのが何者なのか、つきとめてほしい」

相手が分かれば、こちらから手が打てる、と藤兵衛はみていた。

「坂口の旦那にも話したんですかい」

「ここに来る前、坂口と会ってな、三人が何者なのか、探ってほしいと頼んである。ここに来たのは、坂口と会った帰りだ」

「あっしのことも話したんで」

「話した。坂口も承知している」

「そういうことなら、やらせていただきやす」

弥八が、ちいさくうなずいた。

「すまんな」

藤兵衛は懐から財布を取り出すと、一分銀を四枚摘《つま》み出した。一両である。報酬なしで、弥八に頼むことはできなかった。弥八は商売の冷水売りをやめて、探索にあたらなければならないのだ。

「いただきやす」

弥八は、一分銀を受け取ると巾着《きんちゃく》にしまい、

「佐太郎は、どうしやす」

と、訊いた。弥八も、佐太郎が藤兵衛や彦四郎の頼みで動くことがあることを知っていたのだ。

「佐太郎にも頼むつもりだ」

「それじゃァ、佐太郎とも話してみやすよ。ふたりで、同じことを探ってたんじゃァ埒《らち》があかねえ」

「そうしてくれ」

「あっしは、これで」

弥八は足早に藤兵衛から離れていった。

2

藤兵衛が弥八と会った三日後、千坂道場にお花の姿があった。午後の稽古が終わった後、里美がお花を連れてきたのだ。

お花は、筒袖の稽古着に短い袴姿だった。里美がお花のために稽古着として縫ってやったものだ。

これまでは、お花は道場で稽古が終わった後、若い門弟たちといっしょに素振りや打ち込みの稽古をすることがあった。

道場内には彦四郎と永倉、五人の若い門弟がいた。若い門弟たちは、居残って木刀の素振りや型稽古などをしていたのだ。

お花は木村《きむら》や笹倉《ささくら》などの若い門弟にまじって木刀の素振りをしていたが、しばらく経つと飽きてきて、

「母上、打ち込みがしたい」

と言い出した。

すると、お花の脇で素振りをしていた木村が、

「われらも、いっしょにお願いします」

と里美に頼み、木村や笹倉たちも、いっしょにやることになった。

「では、面打ちから」

里美は手に持っていた竹刀を頭ほどの高さに持ち上げ、水平に差し出した。その竹刀を面とみたてて、打ち込むのである。

里美はうまく打ち込みができるように、打ち込む門弟の体の大きさに合わせて手にした竹刀を上下させた。

お花の場合は体もちいさいし、手にした竹刀も定寸《じょうすん》より短く二尺ほどしかなかっ

た。そのため、お花の場合は竹刀を大人の胸ほどの高さにとった。

お花は里美の手にした竹刀に向かいあうと、スルスルと踏み込み、
メーン！

と声を上げて、里美の竹刀をたたいた。

「花、踏み込みが浅い」

すぐに、里美が声をかけた。他の門弟たちにかける声と同じように強いひびきがあった。里美は稽古になると、お花も他の門弟たちと区別しなかった。

「はい！」

お花も、すなおに答えた。

彦四郎と永倉は道場の隅で、振り棒を遣っていた。振り棒は赤樫《あかがし》で作られた一貫目もある棒だった。膂力《りょりょく》をつけるだけでなく、足腰を鍛えるために振るのである。

お花が、木村につづいて、里美の竹刀を面とみたてて打ち込んだときだった。道場の戸口で、「若師匠、いやすか」と男の声がした。

「佐太郎さんだ！」

声を上げたのは、お花だった。お花は佐太郎に懐いていて、声を聞いただけで分

かるのだ。

お花は竹刀を手にしたまま戸口にむかって駆けだした。

里美が慌てた様子で戸口にむかうと、木村たち若い門弟もつづいた。

「佐太郎が、来たようだ」

彦四郎も振り棒を手にしたまま戸口に足をむけた。

佐太郎は彦四郎の姿を目にすると、

「若師匠、あっしに何か用ですかい」

と、首をすくめながら訊いた。

佐太郎は彦四郎のことを若師匠と呼んでいた。藤兵衛が師匠だったころの呼び方をいまでもつづけていたのだ。

「佐太郎に頼みたいことがあってな」

彦四郎は、その場に集まっている若い門弟たちに目をやった。門弟たちの前で話すようなことではなかったのだ。

彦四郎は藤兵衛から弥八に探索を頼んだことを聞いた後、近いうちに佐太郎が道場に来るかもしれんから、おまえから話してくれ、と言われていたのだ。

「母屋にまわってくれ。そこで、話そう」

彦四郎が小声で言った。

「承知しやした」

佐太郎の顔がひきしまった。門弟たちの前では話せない大事な用件らしいと察知したようだ。

そのとき、お花が佐太郎の前に出て、

「佐太郎さん、いっしょに遊ぼ」

と声をかけた。

お花は、たまに道場に姿を見せる佐太郎を好いていた。佐太郎がしゃぼん玉売りをしていたころ、お花はしゃぼん玉で遊んでもらったことがあったし、剽げたことを話す佐太郎を遊び仲間のように思っていたのだ。

「でえじな話が終わったらな」

佐太郎は首をすくめ、お花にニヤリと笑ってみせた。

彦四郎は、母屋の縁側で佐太郎と会った。その場に、永倉にも来てもらった。里美は道場に残り、門弟たちとお花の相手をしていたが、すぐに稽古を終わりにして母屋にもどるはずである。

「佐太郎、弥八から話を聞いているか」

彦四郎が訊いた。

「親分からは、道場に顔を出すように言われただけでさァ。……門弟の荒川と米山が殺《や》られた件ですかい」

佐太郎が声を低くして訊いた。

「そうだ。これで、終わりとは思えないのだ。これからも、門弟が狙われる恐れがあるからな」

彦四郎が言うと、脇に座していた永倉が、

「道場の門弟たちも動揺している。このままでは、道場での稽古をつづけられなくなるかもしれん」

と、顔をしかめて言った。

「それであっしは、何をすればいいんで」

「まず、荒川と米山を斬ったのは何者なのか探ってほしい」

彦四郎が、荒川が襲われたときいっしょにいた石黒から聞いたふたりの武士のことを話し、

「米山を襲ったときは、武士ふたりと町人がひとりいたようだ」

と言い添えた。

彦四郎は、篠山をはじめ、米山が襲われた平永町を通ってくる門弟たちから、ふたりの武士の他に町人がいたらしいことを聞いていたのだ。

「やってみやしょう」

佐太郎が顔をけわしくして言った。

「佐太郎、油断するなよ。どこに、敵の目がひかっているか、分からないからな」

彦四郎が念を押すように言った。

「油断はしませんや」

そう言い残し、佐太郎は縁側から離れた。

3

　道場内に竹刀を打ち合う音がひびいていた。六人の門弟がふたりずつ三組になり、防具を身につけて竹刀で打ち合っていた。地稽古である。他の門弟たちも、面、籠手《こて》などの防具を身につけたまま道場の両側に居並んでいた。場所があくのを待っているのだ。

　千坂道場では、面、胴、籠手の防具を身につけ、試合さながらに打ち合う稽古を地稽古と呼んでいた。

　彦四郎は師範座所にいて、門弟たちの稽古の様子を見ていた。永倉は防具を身につけて、門弟たちに稽古をつけている。

　そのとき、道場の戸口で「頼《たの》もう！」「お頼申す！」と男の声がひびいた。だれか訪ねてきたらしい。戸口近くにいた木村が面と籠手をとり、すぐに戸口にむかった。

　……いまごろ、だれかな。

　彦四郎は、戸口に目をやった。戸口で聞こえた男の声に、聞き覚えがなかったのだ。

　すぐに木村は道場にもどり、慌てた様子で門弟たちの後ろを通って、彦四郎のそばに来た。

「お師匠、男が四人、戸口に来ております」

木村がこわばった声で言った。

「四人だと」

「は、はい、武士が三人、それに町人がひとりです」

「何者かな」

彦四郎の脳裏を、荒川と米山を斬った武士のことがよぎった。ただ、武士がひとり多かった。

「ど、どうしますか」

木村の声は震えを帯びていた。

道場内が急に静まった。木村と彦四郎のやり取りを近くにいた門弟が耳にし、稽古をやめて立ったまま彦四郎に目をやったため、他の門弟たちも異変に気付いたのだ。

すぐに、永倉が彦四郎のそばに来た。

彦四郎が、四人の男が戸口に来ていることを永倉に話すと、

「追い返すか」

と、永倉が顔をけわしくして言った。

「用件も聞かずに、追い返すわけにはいくまい。永倉、話だけでも聞いてきてくれ」

彦四郎は、相手が何者で何の用件で来たのかだけでも訊かねばならないと思った。

「承知した」

永倉は、門弟たちに稽古をやめるよう指示してから、木村とふたりで戸口にむかった。

すると、戸口で「一手、ご指南を賜りたい！」「うぬら、道場破りか！」と、聞き覚えのない男の声と永倉のやり取りの声が聞こえた。

道場の両側に居並んで座した門弟たちは、こわばった顔を戸口にむけて聞き耳を立てている。

「われらを恐れて、道場にも上げぬ気か！」

「これが千坂道場のやり方か！」

つづいてふたりの男の怒鳴り声が聞こえ、いきなり板戸があいた。

永倉と木村を押し退《の》けるようにして三人の武士が、道場内に入ってきた。いずれも小袖にたっつけ袴姿で、大小を帯びていた。手に剣袋を持っている者がふたりいた。町人の姿はなかった。戸口で待っているのかもしれない。

三人の武士のなかに、瘦身の武士と大柄な武士がいた。門弟たちのなかに石黒がいれば、すぐに道場帰りに襲ったふたりだと気付いただろうが、その場に石黒はいなかった。このところ、石黒は稽古を休むことが多かったのだ。

道場内にいた門弟たちは、息を呑んで入ってきた三人の武士に目をやっている。

三人の武士は道場に入ってくると、彦四郎のいる師範座所に体をむけて、

「道場主の千坂彦四郎どのでござろうか」

と、瘦身の武士が訊いた。

「いかにも。……いきなり、道場内に入ってくるとは、無礼ではないか」

彦四郎が三人の武士を睨《にら》むように見すえて言った。

「そのことは詫《わ》びるが、対応に出た門弟があまりに横柄でな。端《はな》から帰ってくれ、と言い立てるので、やむなく入ってきたわけだ」

瘦身の武士が嘯《うそぶ》いた。

「まず、名を聞かせてもらおうか」

「承知した。おれの名は、浅草剛右衛門《あさくさごうえもん》」

　痩身の武士が言った。

「おれは、両国昌之助《りょうごくまさのすけ》」

「拙者は下谷三十郎《したやさんじゅうろう》でござる」

　大柄な武士ともうひとり長身の武士が、つづけて名乗った。

「うむ……」

　三人とも偽名だ、とすぐに彦四郎は察知した。三人とも、江戸の地名を口にしたからだ。

「それで、浅草どの、ご用件は」

　彦四郎はわざと浅草を口にして訊いた。

「天下に名の知れた千坂彦四郎どのに、一手、ご指南を仰ぎたく、まかりこしたのでござる」

　痩身の武士が声高に言った。

「わが道場は、他流試合を禁じておるゆえ、お引き取り願いたい」

彦四郎が痩身の武士を見すえて言った。

「他流試合を禁じているとな」

「いかにも」

「それでは、試合でなく稽古をつけていただきたいが、それも駄目か」

痩身の武士が口許に薄笑いを浮かべて言った。

「稽古ならば、結構でござる。……ただし、面、籠手をつけて竹刀でやってもらうが、承知かな」

「面、籠手をつけて、竹刀でか」

「それが嫌なら、このまま帰っていただくことになるが」

「よかろう。ただし、お互いの太刀筋が十分見られるように、道場のなかほどでやっていただきたい」

痩身の武士が言った。他の門弟たちに交じって稽古するのではなく、ふたりだけで立ち合うつもりらしい。

「いいだろう」

彦四郎は、防具をつけて竹刀での勝負なら怪我《けが》をすることはないし、稽古ということで、どちらが負けても、遺恨を残すようなことはないだろうとみた。

「下谷、先鋒《せんぽう》でどうだ」

痩身の武士が、脇に座していた下谷と名乗った男に訊いた。

「承知した」

下谷が目をひからせて言った。

三十代半ばであろうか。長身だが、首が太く、どっしりした腰をしていた。武芸の修行で鍛えた体らしい。

「秋山、相手をしてくれ」

彦四郎が秋山に声をかけた。

4

「検分役は、おれがやろう」

永倉が立ち上がると、

「そのような者はいらぬ。勝負は、ここで見ていれば分かる」

大柄な武士が声を上げた。

「永倉、これは稽古だ。ふたりにやらせておけ」

彦四郎が永倉に声をかけると、永倉はうなずき師範座所の脇に座した。

秋山と下谷は防具をつけ、三間半ほどの間合をとって道場のなかほどで向かいあった。ふたりは立礼すると、すぐに竹刀をむけあった。三間半ほどの間合のまま秋山は青眼に構え、下谷は下段《げだん》にとった。

秋山は遣い手らしく、腰の据わった隙のない構えだった。

一方、下谷は竹刀をダラリと足元に下げていた。一見、覇気のない構えに見えるが、

……遣い手だ！

と、秋山は察知した。下谷の構えに、下から突き上げてくるような威圧を感じたのである。

だが、秋山は動じなかった。全身に気勢を込め、打ち込みの気配を見せた。気攻《きぜ》めである。

ふたりは三間半ほどの間合をとったまま対峙《たいじ》していたが、下谷が先に動いた。

「いくぞ」

と声を上げ、足裏で道場の床を摺《す》るようにしてジリジリと間合を狭めてきた。見事な寄り身である。構えはすこしもくずれず、下段にとった刀身が、スーッと秋山に迫ってくる。

対する秋山は気を静めて、下谷との間合を読んでいる。

道場内は水を打ったように静まり、咳《しわぶき》ひとつしなかった。門弟たちの目は、秋山と下谷にそそがれている。

……あと、半歩！

秋山が頭のどこかで読んだとき、ふいに下谷が仕掛けてきた。

つッ、と右足を半歩踏み込み、
イヤアッ！

と裂帛の気合を発した。

下谷は下段から大きく振りかぶり、面に打ち込んでくる動きを見せた。

この動きに秋山が反応した。下谷の胴があいたとみて、鋭い気合とともに青眼から胴へ打ち込んだ。

刹那、下谷が振りかぶりざま面へ打ち込んだ。

秋山の胴と下谷の面――。

ほとんど同時に、ふたりの竹刀が胴と面をとらえた。

バシッ、と竹刀で面をたたく音がひびいた次の瞬間、秋山の体がグラッと揺れた。

下谷の面は膂力のこもった強い打ち込みだった。頭を強打された秋山は、一瞬目が眩《くら》んだようだ。

すかさず、下谷が、

「突き！」

と叫びざま、鋭い突きをみまった。

竹刀の先が、秋山の喉元をとらえた。秋山は頭を後ろに反らせた恰好のまま道場の腰板まで突き飛ばされた。

秋山は背中を腰板で強打したが、何とか足を踏ん張ってその場に立った。頭が朦《もう》朧《ろう》としているらしく、腰がふらつき竹刀を構えることができなかった。下谷はさらに秋山の喉に突きをみまおうとして竹刀をむけた。

「それまで！」

永倉が声を上げた。

下谷は竹刀を下ろし、道場のなかほどにもどり、

「これが、千坂道場の剣か。まるで、餓鬼の遊びだ」

と、声高に叫んだ。

居並んだ門弟たちは、色を失って下谷に目をやっている。

「おれが相手だ！」

永倉は下谷にむかって叫ぶと、すぐに面、籠手をつけ、竹刀を手にして下谷の前に立った。

「師範代どののお出ましか」

下谷は嘲弄《ちょうろう》するような口調で言い、永倉と相対した。

「いくぞ！」

永倉は八相にとった。両肘を高くとり、竹刀を垂直に立てた大きな構えである。

対する下谷は下段にとった、秋山に対したときと同じ構えだった。

八相と下段――。ふたりの竹刀は、大きく上下にひらいていた。ふたりは八相と下段に構えて、気魄《きはく》で攻め合っている。

ふたりから鋭い剣気がはなたれ、打ち込みの気配が高まってきた。

先《せん》をとったのは、下谷だった。下段に構えたまま、足裏で道場の床を摺るようにして間合を狭めてきた。秋山との対戦で見せた寄り身である。

だが、永倉はすこしも動じなかった。八相に構えたまま下谷の動きを見つめている。

下谷は先をとって攻めていたが、攻められていたのは下谷かもしれない。下谷は永倉の大きな八相の構えに、上から覆いかぶさってくるような威圧を感じていたのだ。

ふいに、下谷の寄り身がとまった。打ち込めば竹刀がとどく間合まで、あと一歩のところである。

イヤアッ！

ふいに、下谷が裂帛の気合を発した。

次の瞬間、下谷は大きく振りかぶり、面へ打ち込む気配を見せた。

刹那、永倉の全身に打ち込みの気がはしった。

鋭い気合とともに、八相から袈裟へ——。永倉の竹刀が、唸《うな》りを上げて下谷の肩ロへ振り下ろされた。

ほぼ同時に、下谷は面へ打ち込んだ。

バシッ、と音がし、下谷の竹刀が横に弾《はじ》かれた。永倉の膂力のこもった強い打ち込みに、下谷の竹刀が弾かれたのだ。

次の瞬間、永倉の体が躍り、
タアッ！

鋭い気合がひびいた。

振りかぶりざま、真っ向へ――。

その打ち込みが、下谷の面をとらえた。

面をたたく大きな音がひびき、下谷の面が横にかしいだ。次の瞬間、下谷の体がグラッと揺れ、後ろによろめいた。

「ま、まいった！」

下谷は声を上げ、よろめきながら仲間のふたりのそばに後じさった。

「次の相手は！」

永倉が、座している痩身の武士に竹刀の先をむけて叫んだ。

「おれが相手だ」

腰を上げたのは、大柄な武士だった。

面をかぶらず、手に木刀を持っている。

「ご師範どの、竹刀などで打ち合っても、おもしろくない。どうだ、木刀でやらぬか」

大柄な武士が挑発するような口振りで言った。

「なに、木刀だと」

永倉の声が大きくなった。

「木刀が嫌なら、真剣でもいいぞ。……それとも、竹刀でないと怖いか」

「いいだろう。木刀で相手してやる」

そう言って、永倉が道場の脇に置いてある木刀を手にしようとしたとき、

「待て！」

彦四郎が声をかけて、立ち上がった。

「真剣も木刀も駄目だ。初めから、竹刀を遣っての稽古ということで、そなたらと立ち合うことを認めたはずだぞ」

彦四郎は師範座所から道場に出てきた。顔が怒りで紅潮していた。大柄な武士を睨むように見すえている。

「分かったぞ。千坂道場が竹刀での稽古しか認めないのは、他流に敗れるのを恐れてのことだな」

瘦身の武士が、口許に薄笑いを浮かべて言った。

「勝っても負けても、双方に遺恨を残すからだ」

「それは、言い訳であろう」

「いずれにしろ、竹刀での稽古が不満ならお引き取り願うしかない」

彦四郎が強い口調で言うと、

「すぐに、引き取ってもらおう」

永倉が大声で言い添えた。

すると、道場内にいた門弟たちが気色《けしき》ばみ、傍《かたわ》らにあった竹刀や木刀を手にして立ち上がった。若い門弟のなかには目をつり上げて、三人の武士に打ちかかろうとしている者もいる。

「待て！　手を出すな」

彦四郎が鋭い声で言った。

門弟たちの動きを見た痩身の武士は、

「よかろう、今日のところは引き取ろう」

そう言って、腰を上げた。

すぐに、他のふたりも持参した大小や剣袋を手にして立ち上がった。

「これで、よく分かった。千坂道場が竹刀での稽古しかやらせないのは、他流に敗れることを恐れてのことだとな」

痩身の武士につづいて、

「こんな剣術では、いくら稽古を積んでも真剣での斬り合いはできまい。餓鬼の棒振り剣術と言われても仕方ないな」

大柄な武士が嘲笑《あざわら》うように言った。

「おのれ!」

高弟の佐々木が木刀を手にし、踏み込もうとした。

「よせ!」

彦四郎が佐々木をとめた。

三人の武士の挑発に乗って、門弟たちが大勢で打ちかかれば、それこそ三人は、千坂道場は立ち合いに敗れるのを恐れ、門弟たちが大勢で襲いかかったと言い触らすだろう。

「次は、千坂どのに真剣で立ち合ってもらいたいものだ」

瘦身の武士が捨て台詞《ぜりふ》を残し、三人の武士は道場から出ていった。

5

「母上、華村に行くの」

お花が嬉しそうな顔をして訊いた。

「そうですよ、父上と三人で」

里美が脇に立っている彦四郎に目をやって言った。

彦四郎、里美、お花の三人は、これから柳橋にある料亭、華村に行くつもりだった。藤兵衛から、由江が会いたがっているから、たまには顔を出せ、と言われ、午後の稽古を早目に切り上げて柳橋にむかうところだった。由江は華村の女将《おかみ》である。

彦四郎は、由江と後に北町奉行になった大草安房守高好《おおくさあわのかみたかよし》との間に生まれた隠し子だった。大草が由江を気にいって飲みに来るようになり、ふたりの間に彦四郎が生まれたのだ。そのため、彦四郎は料亭の子に生まれながら、武士として育てられたのである。

ところが、大草は彦四郎が生まれた後、町奉行になったため、華村に顔を出さなくなった。奉行の身で料亭に出入りすることはできなかったし、大草にすれば隠し子がいることも秘匿しておきたかったのだろう。

彦四郎には、大草の記憶がまったくなかった。ただ、大草が自分の父親であり、料亭の子でありながら武士として育てられた理由は知っていた。由江から話を聞いたからである。

その後、彦四郎は千坂道場の門弟になり、里美と心を通じるようになった。ふたりがいっしょになるおり、彦四郎は千坂姓を名乗って道場を継ぐことになった。彦四郎がそれを望み、由江も許したのである。

一方、道場主だった藤兵衛は、里美と彦四郎が道場の裏手にある母屋に住むようになると、家を出て由江と暮らすようになった。

彦四郎が千坂道場の門弟だったころから、藤兵衛は華村が難事にあったときなど親身になって助けてきた。そうしたなかで、藤兵衛は由江と心を通じるようになり、彦四郎と入れ替わるように華村で由江と暮らすようになったのだ。

「さて、出かけるか」

彦四郎は道場の戸口から出ると、通りの左右に目をやった。うろんな者がいないか、確かめたのである。

彦四郎は、三人の武士が道場にあらわれてから、門弟たちだけでなく里美やお花も狙われるかもしれない、との危惧《きぐ》を抱くようになった。

通りに、怪しい人影はなかった。通り沿いの店も、ふだんと変わりなくひらいている。

彦四郎、里美、お花の三人は表通りに出ると、柳原通りに足をむけた。柳原通りを東にむかい、両国広小路を経て柳橋を渡れば、華村はすぐである。

彦四郎たちは何事もなく華村に着いた。

「花、着いたぞ」

彦四郎が華村の玄関の格子戸《こうしど》をあけた。

すぐに、戸口に近付いてくる足音がし、女中頭のお松《まつ》が姿を見せた。

「あら、みなさん、いらっしゃい」

お松は、嬉しそうな顔をして彦四郎たちを迎えた。

お松は四十代半ばで、彦四郎が子供のころから華村に勤めていた。女中頭として由江を助け、彦四郎も身内のひとりのように思っている。

「義父上《ちちうえ》と母上は、いるかな」

彦四郎が訊いた。

「いらっしゃいますよ。おふたりは、朝からみなさんがみえるのを待ってらしたんですから」

お松は、彦四郎たちを帳場の奥の小座敷に連れていった。藤兵衛と由江の居間として使われている座敷である。

小座敷の障子をあけると、藤兵衛と由江が座していた。ふたりで茶を飲んでいたらしい。

「まァ、お花ちゃん、いらっしゃい」

由江は腰を浮かせ、嬉しそうな顔をしてお花を迎えた。

由江はそこそこの年配だが、料理屋の女将らしい艶《つや》と美しさがあり、あまり歳は感じさせなかった。

「祖母《ばあ》さまだ」

お花は由江の膝先《ひざさき》に飛んでいった。お花は由江と顔を合わせると甘えることが多かった。由江が可愛がってくれるからだ。

「彦四郎、道場の方は変わりないかな」

すぐに、藤兵衛が訊いた。

藤兵衛は、千坂道場に三人の道場破りが来た経緯《いきさつ》を彦四郎から聞いていた。藤兵衛にもこのままではすまないとの思いがあり、彦四郎に訊いたのである。

「その後、変わったことはありません」

彦四郎が答えた。

三人の武士が道場に来てから五日が過ぎていた。この間、特に変わったことはなかったが、千坂道場のある豊島町界隈《かいわい》に嫌な噂がひろまっていた。千坂道場は他流の者が試合を挑んでくると、門弟たちが総出でかかってくる、との噂である。そうした噂を、門弟たちは気にしているようだった。

それに、千坂道場では念のために午後の稽古を早目に切り上げるようにしていた。

「それにしても、いったい何者であろうな」

藤兵衛の顔に憂慮の翳《かげ》が浮いた。

藤兵衛と彦四郎のやり取りを聞いていた由江が、

「藤兵衛どの、剣術の話はまたにして、みんなでおいしい物でも食べましょうよ」

そう言って、腰を上げた。

由江は、いまでも藤兵衛どのと呼んでいる。旦那さまとか、おまえさんとか呼ぶのは、照れ臭いのだろう。

彦四郎たちが座敷で待つと、由江とお松が膳を運んできた。料理屋らしく、膳には鱸《すずき》の塩焼き、酢の物、茄子《なす》の漬物、冷奴などが載っていた。お花には、茄子の漬物に代わって卵焼きがあった。由江は、お花が漬物を好まないのを知っていて、卵焼きにしてくれたのだ。それに、藤兵衛と彦四郎には銚子《ちょうし》も用意してあった。

「卵焼きだ!」

お花が嬉しそうな声を上げた。

「彦四郎、一杯、どうだ」

藤兵衛が銚子を彦四郎にむけて言った。

「いただきます」

彦四郎は杯で受けた。

小座敷に集まった五人は料理を食べ終えると、お松が用意してくれた茶を飲みながらいっとき過ごした。

この間に華村には何人もの客が入り、廊下を歩く音や談笑の声などが聞こえてきた。六ツ（午後六時）ちかくなったらしく、小座敷に淡い夕闇が忍び込んでいる。

「里美、そろそろ帰るか」

彦四郎が里美に声をかけた。通りが夜陰につつまれる前に、道場まで帰りたかったのである。

「はい」

里美が答えた。

「気をつけて帰れよ」

藤兵衛は彦四郎たちを引きとめなかった。藤兵衛も、道場破りに来た三人の武士のことが気になっていたようだ。

彦四郎たちは、藤兵衛と由江に見送られて華村を出た。

陽は家並のむこうに沈み、西の空は夕焼けに染まっていた。まだ、上空には日中の青さが残っていたが、間もなく暮れ六ツの鐘が鳴るだろう。

藤兵衛は店先に立ったまま、彦四郎たちの遠ざかっていく後ろ姿を見送っていた。胸騒ぎがしたのである。

……柳橋まで送っていくか。

藤兵衛は、彦四郎たちが柳橋を渡り、両国広小路に出るまで様子をみてみようと思った。

6

彦四郎、里美、お花の三人は柳橋を渡って両国広小路に出た。日中は、大勢の老若男女が行き交って混雑しているのだが、いまは人影がまばらだった。陽が沈んで町娘や子供連れなどは見られなくなり、家路を急ぐ男たちの姿が多くなった。すでに、屋台や床店などは店仕舞いしている。

「急ぐか」

彦四郎はすこし足を速めた。暗くなる前に道場まで帰りたかったのだ。里美もお花の手を引いて急ぎ足になった。

彦四郎たちは両国広小路を抜けて、郡代屋敷の脇に出た。そこは、柳原通りである。人影が急にすくなくなり、辺りが寂しくなった。

郡代屋敷の脇を通り過ぎると、前方に神田川にかかる新シ橋が見えてきた。夕焼けのなかに、橋梁《きようりよう》が黒く横たわっている。

そのとき、彦四郎は背後にかすかな足音を聞いた。振り返ると、淡い夕闇のなかにふたりの武士の姿が見えた。遠方ではっきりしないが、ふたりともたっつけ袴で、二刀を帯びていることが分かった。

ふたりの武士は、足早に近付いてくる。

「里美、後ろのふたり、おれたちを狙っているのかもしれぬぞ」

彦四郎は里美に身を寄せて小声で言った。

里美はそれとなく背後を振り返り、彦四郎を見てちいさくうなずいた。里美の顔がけわしくなり、すこし足が速くなった。

「母上、何かあったの」

お花が里美を見上げて訊いた。

「お花、何があってもそばに父上と母上がいますから、心配いりませんよ」

里美はお花に目をやり、やさしい声で言った。

お花は笑みを浮かべてうなずいた。

ふたりがそんなやり取りをしている間にも、背後のふたりは彦四郎たちに近付いてきた。小走りになっている。

前方に新シ橋の橋梁が迫ってきたとき、ふいに彦四郎の足がとまった。里美とお花も立ちどまった。

「前にもいる！」

彦四郎が前方を指差した。

土手に植えられた柳の樹陰に人影があった。ふたり――。ふたりはゆっくりと通りに出てきた。大柄な武士と、町人体《てい》の男だった。

「道場破りだ！」

彦四郎は武士の姿に見覚えがあった。道場破りの三人のなかのひとり、両国昌之助と名乗った男である。口にしたのは、偽名であろう。

ふたりの男は足を速めて、彦四郎たちに迫ってきた。

「後ろからも！」

里美が背後を振り返って声を上げた。

背後から来るふたりの武士は、走っていた。すでに、三十間ほどに迫っている。

「後ろのふたりも、道場破りだ」

三人のなかのふたりだった。浅草剛右衛門と下谷三十郎と名乗ったが、やはり偽名にちがいない。

「里美、土手際へ！」

彦四郎が声をかけた。

「はい！」

里美はお花の手を引き、右手の土手際に走った。お花は口を強く結んで、里美と並んで走った。男たちが襲ってきたことは分かっているようだが、怖がっている様子はなかった。

彦四郎と里美は、お花を守るように前に立った。三人の背後は土手になっていて、後ろにまわり込むことはできない。

「里美、これを遣え」

彦四郎は帯びていた大小のうち小刀を手渡した。

里美は小刀を手にし、無言でうなずいた。双眸が剣の遣い手を思わせる強いひかりを宿している。

里美は、縞《しま》の小袖に薄茶の帯をしめていた。稽古着や短袴ではないが、小刀なら大きく動きまわらずに遣えるはずである。

左右から四人の男が駆け寄った。彦四郎の前に立ったのは、浅草と名乗った痩身の武士だった。右手に下谷と名乗った長身の武士がまわり込んだ。

里美の前にまわり込んだ両国と名乗った大柄な武士が、

「この女、立ち向かう気だぞ」

と、驚いたような顔をして言った。

「その女は、千坂道場の女剣士ですぜ」

町人が揶揄《やゆ》するように言った。

「女剣士だと」

大柄な武士は、里美を睨むように見すえ、

「女であろうと、容赦しないぞ」

と言って、腰の大刀を抜き放った。

里美は無言で小刀を抜き、切っ先を大柄な武士にむけた。

つづいて、痩身の武士が抜刀し、彦四郎も抜いた。

「千坂、子供騙《だま》しの竹刀の打ち合いではなく、やっと真剣勝負ができるな」

痩身の武士が嘯くように言って、切っ先を彦四郎にむけた。

まだ、彦四郎と痩身の武士との間は、三間ほどもあった。一足一刀の斬撃の間境の外である。

「うぬら、何のために千坂道場の門弟たちを襲うのだ」

彦四郎が訊いた。

「千坂道場が邪魔だからだよ」

「邪魔とはどういうことだ」

「いまに分かる。……もっとも、ここで命を落とせば、分からずじまいだがな」

痩身の武士は、ゆっくりした動きで刀を上げ、八相に構えた。両肘を高くとった大きな構えである。

彦四郎は青眼に構えた後、刀身をすこし下げて剣尖を痩身の武士の胸につけた。痩身の武士がどう斬り込んでくるか読めないので、刀身を下げることで間合を遠く見せようとしたのだ。

……遣い手だ！

彦四郎は察知した。

痩身の武士の八相の構えは、ゆったりとして力みがなかったが、上から覆いかぶさってくるような威圧感があった。

右手にまわり込んだ長身の武士は、青眼に構え、切っ先を彦四郎の肩あたりにむけていた。隙のない構えだが、すこし間合をひろくとっていた。それに、斬り込んでくる気配がない。おそらく、この場は痩身の武士にまかせる気なのだろう。

7

里美は大柄な武士と対峙していた。

大柄な武士は上段に構えていた。その大きな体軀とあいまって、巨岩が迫ってくるような威圧感があった。

里美は、右手に持った小太刀を前に突き出すように構え、切っ先を大柄な武士の左拳につけた。上段に対応する構えである。

お花は里美からすこし離れ、大柄な武士を睨みつけていた。里美が小太刀を存分にふるえるように、里美に張り付いたりしなかった。お花は里美が敵と闘っているとき、そばにいた経験があるのだ。

大柄な武士は、里美の構えを見て驚いたような顔をした。里美の構えから遣い手と分かったからだろう。

そのとき、彦四郎と対峙していた痩身の武士が、

「いくぞ！」

と声を上げ、間合をつめ始めた。八相に構えた刀身が、夕闇のなかで銀蛇《ぎんだ》のようにひかっている。

彦四郎は動かなかった。踏み込めば里美とお花から離れ、長身の武士が里美たちに斬りかかる恐れがあったからである。

彦四郎は気を静めて、痩身の武士との間合と斬撃の起こりを読んでいた。この場で、勝負するのである。

しだいに痩身の武士との間合が狭まり、斬撃の気配が高まってきた。いまにも斬り込んできそうだ。

ふいに、痩身の武士が寄り身をとめた。斬撃の間境の半歩手前だった。斬撃の気が高まっている。

……この間合から、くる！

と彦四郎が察知した瞬間、

イヤアッ！

痩身の武士が裂帛の気合を発し、一歩踏み込んだ。

次の瞬間、痩身の武士と彦四郎の体が躍り、鋭い気合とともに二筋の閃光がはしった。

彦四郎が振りかぶりざま真っ向へ。

痩身の武士が八相から袈裟へ。

真っ向と袈裟——。

二筋の閃光が眼前で合致し、甲高い金属音がひびいて青火が散った。すかさず、ふたりは二の太刀をふるいながら後ろへ跳んだ。

瘦身の武士が彦四郎の胸元にするどく切り込み、彦四郎は刀身を横に払った。

ザクリ、と彦四郎の右袖が裂け、あらわになった腕に血の線がはしった。

彦四郎の切っ先は、瘦身の武士の袖をかすめたが、空を切って流れた。

彦四郎は、里美とお花が背後にいるため、大きく後ろに跳べなかった。そのため、瘦身の武士の切っ先をかわしきれなかったのである。

ふたりは、ふたたび青眼と八相に構えあった。

「すこし浅かったな」

瘦身の武士が低い声で言った。細い双眸が、獲物を見つめる蛇《くちなわ》のようにひかっている。

彦四郎の右の前腕が血に染まったが、それほどの出血ではなかった。皮肉を浅く裂かれただけである。

「彦四郎さま！」

里美が叫んだ。彦四郎が腕を斬られたのを目にしたのである。

「大事ない。勝負はこれからだ」

彦四郎の双眸が、痩身の武士を見すえている。

痩身の武士は八相に構え、ふたたび間合をつめてきた。刀身が夕闇のなかで、青白くひかりながら彦四郎に迫ってくる。

……このままでは、斬られる！

と彦四郎は察知した。

里美とお花をかばうために、大きく動けないだけ不利である。

痩身の武士が足裏を摺るようにしてジリジリと間合をつめてくる。

そのとき、通りの先で、「待て！」という男の叫び声が聞こえた。

痩身の武士がすこし後じさりし、声のする方に目をやった。武士がひとり、こちらにむかって走ってくる。

……義父上《ちちうえ》だ！

彦四郎はその体軀から藤兵衛だと分かった。

里美とお花も気付き、

「爺々《じじ》さまだ！」

と、お花が声を上げた。

藤兵衛は懸命に走ってくる。足音といっしょにゼイゼイという喘ぎ声が聞こえた。腰がすこしふらついている。

「千坂藤兵衛だぞ」

大柄な武士が言った。

痩身の武士は、さらに身を引いて彦四郎との間合を取り、八相に構えた刀を下ろすと、

「今日のところはこれまでだ」

そう言って、彦四郎からさらに身を引いた。

「女、命拾いしたな」

言いざま、大柄な武士が後じさった。

大柄な武士は里美から身を引くと、納刀してから反転した。そして、痩身の武士を追うようにその場から駆けだした。

大柄な武士につづいて、長身の武士と町人も走りだした。先にその場を離れたふたりの武士の後を追っていく。

彦四郎は、すぐに里美とお花に目をやり、

「助かった！」

と、声を上げた。里美もお花も無傷である。

「爺々さまァ！」

お花が両手を挙げて振りながら、藤兵衛を呼んだ。

藤兵衛はゼイゼイと喘ぎ声を上げながら、彦四郎たちに走り寄ってきた。すこし足がふらついていたが、よろめくようなことはなかった。鍛え上げた体だけに、まだ足腰はしっかりしているようだ。

「義父上、どうしてここに」

彦四郎が訊いた。

「つ、尾けている男がいるのに、気付いてな。ね、念のために、跡を尾けてきたのだ」

藤兵衛が声をつまらせながら言った。

「父上、助かりました」

里美がほっとした顔をした。

「あやつらか、道場に乗り込んできたのは」

藤兵衛が訊いた。

「そうです。われらを襲った三人の武士です」

彦四郎の声は、まだ昂《たかぶ》っていた。真剣勝負の高揚が残っているらしい。

藤兵衛は彦四郎の右腕が血に染まっているのに気付き、

「腕を斬られたのか」

と訊いた。里美とお花も、心配そうな顔で彦四郎の右腕に目をむけた。

「かすり傷です」

かすり傷ではなかったが、浅手だった。出血もたいしたことはない。

「ともかく、道場にもどって手当てをしましょう」

里美が言った。

「それがいい」

藤兵衛も彦四郎の脇についてきた。

辺りは、いつの間にか夕闇につつまれていた。四人は人影のない通りを千坂道場にむかって足を速めた。

第三章　神道無念流

1

朝稽古が終わると、永倉が母屋に顔を出した。

彦四郎たちが華村からの帰りに襲われた翌日だった。彦四郎の右腕の傷は浅手だったが、念のため朝稽古にはくわわらなかったのである。彦四郎は師範座所で門弟たちの稽古を見た後、永倉に後を頼んで母屋にもどったのだ。

彦四郎は永倉が座敷に腰を下ろすのを待って、

「すまんな。二、三日すれば稽古もできるだろう」

と、話した。竹刀での打ち合いはできなくとも、型稽古はできるはずである。

「それにしても、浅手で済んでよかったよ」

永倉は彦四郎から、華村からの帰りに道場破りに来た三人の武士に襲われたことを聞いていたのだ。

「義父上《ちちうえ》が駆け付けてくれなかったら、どうなったか、分からないな」

彦四郎は、自分だけでなく、里美とお花も命を落としたかもしれないと思った。

「厄介だな。いつ、襲われるか分からないぞ」

永倉の顔を懸念の翳《かげ》がおおった。

「まったくだ。おれも、華村からの帰りに襲われるなどとは、思いもしなかった」

「それにしても、なぜ、千坂道場の者を狙うのだ」

永倉が首をひねった。

「頭格と思われる武士が、千坂道場が邪魔だからだと口にしたが、どういうことかな」

彦四郎は、痩身の武士が頭格とみていた。

「次々に門弟たちを襲い、今度は道場主と家族か。……その上、道場破りにまで来ているのだぞ。よほど、千坂道場が邪魔なのだな」

永倉が顔をしかめて言った。

「いずれにしろ、このままではわれらが皆殺しになるか、それともこの道場がつぶれるかだな」

「何か手を打たねばな」

「佐太郎と弥八に、探ってもらうように頼んであるが、おれたちも座視しているわけにはいかないな」

彦四郎は敵が何者か分かれば、手の打ちようがあると思った。

「何か手はないか」

永倉が虚空を見すえてつぶやいた。

「ひとつだけ、気になることがある」

彦四郎が言った。

「何だ」

「殺された米山だ」

「米山がどうかしたのか」

「米山は土屋家への出稽古の橋渡しをしていた。ちょうど、その最中《さなか》に殺されたのだ」

「そうだったな」

「しかも、米山が殺されたことで、土屋家の出稽古の話はそれっきりになってしまった。用人の松田どのの話では、他の道場からも話があったそうだ。いまごろは、他の道場に決まっているかもしれんぞ」

「うむ……」

永倉の顔がけわしくなった。

「おれは、米山が殺されたのは、土屋家の出稽古の話と何かかかわりがあるような気がしてならないのだ」

さらに、彦四郎が言った。

「それで」

永倉が話の先をうながした。

「土屋家の出稽古の話はどうなったのか。それだけでも、確かめたいのだがな」

「どうやって確かめるのだ」

「土屋家に奉公している者か近所に住む者に訊けば、様子が分かるだろう」

「小川町に行ってみるか」

永倉が乗り気になって言った。

「行ってみよう」

小川町は、遠方ではなかった。これから出かけても、土屋家の奉公人に訊いたり近所で訊いたりするぐらいなら、暗くなる前に帰ってこられるだろう。

彦四郎は立ち上がった。

彦四郎と永倉は、母屋から道場の脇を通って路地へ出た。ふたりは路地の左右に目をやり、道場を見張っている者はいないか確かめたが、それらしい人影はなかった。

ふたりは柳原通りに出ると、筋違御門《すじかいごもん》の方に足をむけた。そして、神田川にかかる和泉橋のたもとを過ぎて、いっとき歩いてから左手の道に入った。そこは、米山が道場からの帰りに通った道である。

「米山は、この道の先で襲われたのだな」

歩きながら、永倉が言った。

彦四郎と永倉は、米山が殺された後、その現場まで足を運んでいたのだ。

岩井町に入ると急に道幅が狭くなり、寂しくなった。道沿いの家はまばらで、人影もすくなくなった。

「この辺りだったな」

彦四郎が言った。

ふたりは米山が殺された現場近くまで来ると歩調をゆるめ、周囲に目をやった。ひっそりとして、辺りに人影はなかった。彦四郎たちを狙っている者もいないようだった。

「ここで、米山を待ち伏せしていたとすれば、襲った者たちのなかに米山の帰る道筋を知っていた者がいたとみていいな」

人目に触れないように襲撃するにはいい場所だった。米山が道場から土屋家の屋敷のある神田小川町まで帰る道筋のなかで、もっとも襲撃しやすい場所であろう。

「前から、米山を狙っていたということか」

永倉が顔をけわしくして言った。

「そうみていい」

ふたりは、そんなやり取りをしながら米山が殺された現場を通り過ぎた。

道は岩井町から平永町、小柳町を経て、中山道に突き当たった。ふたりは中山道を横切って神田須田町に入り、さらに西にむかった。

しばらく歩くと、町家はなくなり、通り沿いに大名屋敷や旗本屋敷などがつづくようになった。その辺りは神田淡路町で、その先が小川町である。

2

彦四郎と永倉は小川町に入った。通り沿いに、大身の大名屋敷がつづいている。町人の姿はあまり見られず、供連れの武士や中間などが目についた。

「土屋さまの屋敷は、どの辺りかな」

彦四郎は土屋家の屋敷がどこにあるか知らなかった。

「だれかに、訊いてみるか」

永倉も知らないようである。

「むこうから中間が来る。あのふたりに、訊いてみよう」

お仕着せの法被《はっぴ》を着た中間がふたり、何やら話しながらこちらに歩いてくる。

彦四郎はふたりの中間に近付き、

「しばし、待て」

と、声をかけた。永倉は彦四郎の後ろに立っている。

ふたりの中間は驚いたような顔をして足をとめ、

「あっしらですかい」

浅黒い顔をした男が、不安そうな目を彦四郎にむけた。

「そうだ。ふたりは、この近くの屋敷に奉公しているのか」

彦四郎は穏やかな声で訊いた。

「へい」

浅黒い顔をした男が答えると、もうひとりの小太りの男が、首をすくめるようにうなずいた。

「この近くに、土屋庄左衛門さまのお屋敷があると聞いてまいったのだがな。土屋さまのお屋敷を知らないか」

「土屋さまねえ」

浅黒い顔をした男が小首をかしげ、

「おめえ、知ってるか」

と脇に立っている小太りの男に訊いた。

「御小納戸頭取をなされている土屋さまですかい」

小太りの男が、彦四郎に訊いた。

「そうだ」

「その土屋さまなら、この先ですぜ」

小太りの男が、この通りを三町ほど歩くと、右手に土屋家の屋敷があると話した。

「何か目印になるような物はないかな」

通り沿いには、大身の旗本屋敷がつづいていた。おそらく、土屋家の近くでも同じような屋敷がつづいているだろう。

「屋敷の塀の脇に、太い松がありやす。その松を目印にすれば、分かりやすよ」

「そうか。手間をとらせたな」

彦四郎たちは、ふたりの中間と別れて通りの先に足をむけた。

中間が話したとおり、三町ほど歩くと旗本屋敷の築地塀《ついじべい》の脇で、太い松が枝を伸ばしていた。

「この屋敷だな」

彦四郎たちは、築地塀に近付いた。

千五百石の大身旗本にふさわしい門番所付の豪壮な長屋門を構えていた。乳鋲《ちびょう》の付いた堅牢《けんろう》な門扉はとじられている。

「屋敷の奉公人から聞くのは、むずかしいな」

屋敷に入ることはできないし、路傍に立って奉公人を待っても、いつ出てくるか分からない。

「通りかかる者をつかまえて訊いてみるしかないな」

永倉が言った。

「そうだな」

ふたりは、松の幹の陰に立って、話の聞けそうな者が通りかかるのを待つことにした。

ふたりがその場に立って小半刻《こはんとき》（三十分）もしただろうか。土屋家の斜向《はすむ》かいにある旗本屋敷の表門の脇のくぐり戸があいて、ふたりの武士が姿を見せた。

ふたりとも羽織袴姿だが、供はいなかった。若党であろうか。ふたりは、こちらに歩いてくる。

「今度は、おれが訊いてみよう」

永倉が先に、松の幹の陰から通りに出た。

「しばし、しばし」

永倉がふたりに声をかけた。

彦四郎は永倉の後ろに立った。この場は永倉にまかせるつもりだった。

「な、何か、ご用で」

四十がらみと思われる痩身の男が、声をつまらせて訊いた。急に声をかけられて驚いたらしい。もうひとり、ずんぐりした体軀の男は、訝《いぶか》しそうな目を永倉にむけた。

「急ぎのところ、足をとめさせては申し訳ない。歩きながらで結構でござる」

永倉が腰を低くして、

「おふたりに、訊きたいことがあってな」

と言い添えた。

「何でしょうか」

痩身の男が歩きだしながら訊いた。

ふたりの男の表情はやわらいでいた。永倉が下手《したて》に出たので、気が楽になったのかもしれない。

「そこに、土屋さまのお屋敷があるな」

永倉が振り返って言った。

「ありますが」

「土屋さまにお仕えしていた米山どのが、何者かに斬り殺されたのだが、おふたりはご存じかな」

「知ってますよ」

ずんぐりした体軀の男が、急に声をひそめた。

「それがし、米山どのの知己でござる。……米山どのがあのような目に遭い、無念でならないのです」

永倉が顔をしかめ、すこし涙声になった。厳《いか》つい顔に似合わず、演技達者である。

「まったくです。われらも、無念でなりませぬ」

痩身の男が眉を寄せて言った。

「いったい何者が、米山どのをあのような目に遭わせたのか、ご存じではあるまいな」

永倉が声をあらためて訊いた。

「知りません」

痩身の男が言うと、もうひとりの男もうなずいた。

「実は、土屋さまのお屋敷に剣術道場の者が指南に来るとの話があったのだが、おふたりは耳にしたことがあるかな」

永倉が出稽古の話を持ち出した。

「その話なら、米山どのから聞いたことがありますよ」

痩身の男が言った。

「米山どのが通っていた道場の方が、出稽古に来ることになっていたようです。米山どのが亡くなったいま、その話はたち消えになったのでしょうな。米山どのは出稽古を楽しみにしていたのですが……」

永倉は千坂道場の名を出さずに、それとなく訊いた。

「出稽古の話なら、聞いてますよ。……土屋さまにご奉公している者から耳にしたんですが、指南する方が決まり、ちかいうちに屋敷内で稽古が始まるそうです」

「なに、指南者が決まったと！」

思わず、永倉が声を上げた。

「そ、そう聞きましたが……」

瘦身の男が、驚いたような顔をして永倉を見た。

「だれが、指南することになったのです」

「名は知りませんが、本郷にある道場の方だと聞きましたが」

瘦身の男の足が、永倉から逃げるように速くなった。ずんぐりした体軀の男が慌てた様子でついていく。

「神道無念流《しんとうむねんりゅう》の道場ではないか」

彦四郎が、ふたりの男に近寄って訊いた。

「そ、そうです」

瘦身の男は、「それがしは、急いでおりますので、これで」と言い残し、小走りに彦四郎たちから離れた。

ずんぐりした体軀の男も、瘦身の男の後を追って走りだした。

彦四郎と永倉は路傍に足をとめた。

「道場主を知っているのか」

永倉が彦四郎に訊いた。

「名は知らないが、本郷に神道無念流の道場があると聞いた覚えがあるのだ」

「その道場が、此度《こたび》の件に何かかかわっているのではないか」

永倉が顔をけわしくして言った。

「おれも、そんな気がする」

彦四郎は、念のため本郷にある神道無念流の道場を探ってみようと思った。

3

弥八は、両国橋の東の橋詰を歩いていた。西の橋詰ほどではないが、賑わっていた。様々な身分の老若男女が行き交っている。

弥八は、橋詰の東方にひろがる本所元町《ほんじょもとまち》に行くつもりだった。弥八は藤兵衛から千坂道場の門弟を襲って斬殺した下手人をつきとめてほしいと頼まれた後、ふたりが殺された現場近くで聞き込んでみた。その結果、ひとりの男が浮かんだ。門弟や彦四郎たちを襲った武士たちといっしょにいた町人である。

……ただの鼠《ねずみ》じゃァねえ。

と、弥八はみたのだ。

弥八は元町の通りに入ると、「笹清《ささきよ》」というそば屋を探した。二階建てのそば屋で、脇に路地があるはずである。

その路地の先に、権造《ごんぞう》という男がやっている縄暖簾《なわのれん》を出した飲み屋があるのだ。権造は、両国や本所界隈で幅を利かせていた地まわりだった。五、六年前、ささいなことで遊び人と喧嘩《けんか》し、匕首で右腕を斬られた。その後、右腕が自由に動かなくなって地まわりから足を洗ったのである。

弥八は両国や本所界隈で起こった事件の探索にあたるとき、権造から話を聞くことがあった。

通り沿いに、二階建てのそば屋らしい店があった。戸口の脇の掛け行灯《あんどん》に、「手打ちそば　笹清」と書いてある。

笹清の脇に路地があった。一膳《いちぜん》めし屋、小料理屋、煮売り屋などの小体な店がごてごてとつづいている。薄暗い路地だが、結構人通りはあった。両国橋の東の橋詰から流れてきた客らしい。

……あれだ。

路地沿いに縄暖簾を出した飲み屋があった。店先に色褪《いろあ》せた赤提灯《あかぢょうちん》がつるしてある。見覚えのある権造の店である。

弥八が戸口に立つと、店のなかから男の濁声《だみごえ》や瀬戸物の触れ合うような音が聞こえた。客がいるらしい。

弥八は腰高障子《こしだかしょうじ》をあけて、店に入った。土間に置かれたふたつの飯台をかこって、六人の客がいた。職人や船頭らしい男たちが、酒を飲んでいる。

「だれか、いねえかい」

弥八が声をかけると、店の奥の板戸の向こうで、「ちょいと、待ってくれ」と男の声がした。権造の声である。

弥八が土間に立って待つと、板戸があいて、浅黒い顔をした痩《や》せた男が姿を見せた。権造である。右腕をだらりと垂らしている。

濡れた左手を前垂れで拭きながら、

「弥八の旦那かい」

と、声をかけた。

「久し振りに、近くを通りかかってな。一杯《いっぺえ》やろうと、思ったのよ」

店に客がいたこともあり、弥八は岡っ引きであることを知られないように気を遣ったのだ。

「今日は、店が混《こ》んでるな。……奥の座敷を使うかい」

権造が飯台にいる客たちに目をやって言った。

「すまねえなァ」

奥といっても、土間の先にある小座敷だった。客を入れる座敷ではなく、権造とおしまという女房が居間として使っている。

弥八は奥の小座敷に腰を落ち着けた。いっときすると、権造とおしまが酒と肴《さかな》を運んできた。おしまは、でっぷり太った丸顔の大年増《おおどしま》だった。

「あら、旦那、いらっしゃい」

おしまは、愛想笑いを浮かべて言った。笑って目を細めると、お多福のような顔になる。

おしまが酒肴を出して小座敷から去ると、

「一杯《いっぺえ》、やってくんな」

権造が銚子をとった。

弥八は猪口《ちょこ》の酒を飲み干した後、

「おめえに訊きてえことがあってな」

と、声をひそめて切り出した。

「捕物の話ですかい」

権造が上目遣いに弥八を見た。顔付きが変わっている。やくざ者を思わせるような凄《すご》みがある。

「まァ、そうだ」

弥八は懐から巾着を取り出し、一朱銀を手にした。権造は、ただでは話さないのだ。

「すまねえ」

権造は一朱銀を巾着にしまった。

「権造、豊島町にある千坂道場の門弟が斬られたのを知ってるかい」

弥八は門弟のことを持ち出した。

「噂は耳にしやした。旦那は、千坂道場の件を探ってるんですかい」

「そうだが。……おめえ、下手人に心当たりはあるめえな」

「知らねえなァ。二本差しのことは、分からねえからな」

権造が、困惑したような顔をした。

「おれが訊きてえのは、二本差しのことじゃァねえんだ。道場の門弟を斬った二本差しとつるんで、動きまわってる町人がいるのよ。……権造、そいつに心当たりはねえかい」

「二本差しとつるんでると言われてもなァ。それだけじゃァ分からねえ」

「匕首を遣うのがうめえようだ」

「匕首なァ……」

「それに、いっしょにいる二本差しは、徒牢人《いたずらろうにん》や凶状持ちじゃァねえ。身分は分からねえが、真っ当な二本差しだ」

「そいつは、伊七かもしれねえぜ」

権造が目をひからせて言った。

「伊七なァ」

弥八は伊七という男を知らなかった。

権造によると、ちかごろ伊七が羽織袴姿の武士と両国広小路を歩いているのを目にしたそうだ。

「伊七の生業《なりわい》はなんだい」

弥八が訊いた。

「中間をしてたことがあると聞いたが、いまは何をしているのか分からねえ」

「塒《ねぐら》は分かるかい」

「何年か前まで、米沢町にいたはずだが、いまは塒を変えたんじゃァねえかな」

権造によると、伊七は中間くずれで、遊び人として両国界隈で幅を利かせていたことがあるという。また、遊び人仲間と、旗本屋敷の中間部屋で博奕《ばくち》に耽《ふけ》っていたこともあるそうだ。

「博奕か」

いまは、博奕ではなく千坂道場の門弟を襲った件を探っているのだ。

「他に、伊七のことで耳にしてることはねえかい」

弥八が声をあらためて訊いた。

「そういやァ、腕のたつ二本差しのところにもぐり込んで、剣術を習っていると聞いたことがあるな。それで、匕首を遣うのがうめえんじゃァねえかな」

「剣術を習っているだと」

思わず、弥八の声が大きくなった。

……まちがいない、伊七だ！

弥八は確信した。

それから、弥八はあらためて伊七といっしょにいた武士のことを訊いたが、権造は知らなかった。

弥八は半刻（一時間）ほど酒を飲んでから店を出た。明日から、米沢町で聞き込んでみようと思った。伊七のことを知っている者がいるはずである。

4

佐太郎は、千坂道場から半町ほど離れた通り沿いの樹陰にいた。椿《つばき》が枝葉を茂らせていたので、その陰に身を隠して千坂道場を見張っていたのだ。

佐太郎は、彦四郎から門弟の荒川と石黒が襲われたときのことを聞き、一味のだれかが千坂道場を見張り、荒川たちの跡を尾けて襲ったのではないかと思った。そして、いまも千坂道場に目を配っている者がいるのではないかとみたのだ。

……それらしいのはいねえなァ。

佐太郎は、道場付近に目をやっていたが、それらしい人影はなかった。陽は西の空にかたむいていた。そろそろ午後の稽古が終わるころである。道場内から聞こえていた気合や竹刀を打ち合う音がやんでいた。

……出てきた!

道場の表の引き戸があいて、門弟たちが顔を出した。川田《かわた》、木村、若林《わかばやし》、佐原《さはら》……。若い門弟が多かったが、古顔の門弟も交じっていた。門弟たちはふたり三人とかたまって、何やら話しながら、佐太郎が身を隠している方に歩いてくる。

佐太郎は門弟たちではなく、通り沿いの店の陰や樹陰などに目をやった。門弟たちを見張っている者はいないか、探したのである。

怪しい人影はどこにもなかった。門弟たちを見張っている者はいないようだ。

ふだんより、門弟の姿はすくなかった。十数人の門弟が戸口から出ると、人影がとぎれた。

……今日は、これだけかい。

佐太郎は気抜けしたような気になり、椿の樹陰から通りに出ようとした。そのとき、道場の戸口からふたりの門弟が出てきた。

坂巻栄次郎《さかまきえいじろう》と戸田仙之助《とだせんのすけ》だった。ふたりとも、二十代半ばだった。坂巻は古い門弟で、佐太郎は坂巻のことはよく知っていた。佐太郎が千坂道場の門弟になったころからいた古参である。戸田のことは、よく知らなかった。まだ、門弟になって三月《みつき》ほどで、名前を聞いていただけである。

坂巻と戸田は戸口を出たところで、何か言葉をかわしてから左右に別れた。坂巻は浜町河岸《はまちょうがし》のある南にむかった。坂巻家の屋敷は日本橋久松町にあるので、このまま家に帰るのだろう。

一方、戸田は佐太郎が身を隠している方に歩いてきた。その道は、柳原通りに突き当たる。

佐太郎は近付いてくる戸田に目をやった。小袖に袴姿で、剣袋を手にしていた。

ひとりになった戸田は、足早に柳原通りの方にむかった。

佐太郎は、戸田の家はどこにあるか知らなかったが、神田川にかかる和泉橋を渡った先ではないかと思った。御徒町方面から通ってくる門弟が多かったからである。

戸田が佐太郎の前を通り過ぎて半町ほど歩いたとき、向こうから歩いてくる武士の姿が佐太郎の目にとまった。痩身である。

武士は羽織袴姿で、二刀を帯びていた。網代笠をかぶっている。武士は、戸田に近付くと何やら声をかけた。

……あいつか！

佐太郎は、樹陰から身を乗り出すようにして武士に目をやった。

だが、武士と戸田は二言三言言葉をかわしただけですぐに別れ、戸田はそのまま柳原通りの方へむかい、武士は道場の方へ歩いてきた。

佐太郎は武士を見つめていた。道場の近くまで行って、身を隠すなり母屋の方へまわるなり、何か変わった動きをするのではないかと思ったのである。

だが、武士は道場の前で歩調を変えることもなく、そのまま通り過ぎてしまった。

……なんでえ、思い過ごしか。

佐太郎は、拍子抜けしたような気になった。

それから小半刻（三十分）ほど樹陰に身を隠していたが、変わったことは何もなかった。

佐太郎は樹陰から通りに出た。これ以上、道場を見張っていても無駄骨だと思ったのである。

佐太郎が柳原通りの方に歩きかけたとき、通りの先に人影が見えた。

……親分だ！

こちらに足早に歩いてくるのは、弥八だった。

佐太郎は路傍に足をとめて弥八が近付くのを待った。

「おッ、佐太郎じゃァねえか。どうしたい」

弥八が驚いたような顔をして足をとめた。

「道場の近くを見張ってたんでさァ」

佐太郎は、これまでの経緯をかいつまんで話した。

「いいところに目をつけたが、根気のいる張り込みだな。一日や二日じゃァ、そううまくひっかからねえだろうよ」

「ところで、親分は道場に来たんですかい」

若師匠の耳に入れておくことがあってな」

若師匠とは彦四郎のことである。

「何か知れやしたか」

「ひとりつきとめた。二本差しじゃァねえが、門弟を襲ったひとりだ」

「さすが、親分だ。やることが早《はえ》えや」

佐太郎が感心したように言った。

「たまたま、伊七を知っていた男がいただけよ」

「そいつは、二本差しといっしょにいたやつですかい」

「そうだ。名は、伊七よ」

「伊七ですかい」

「おめえ、伊七を知ってるのか」

「知りやせん。親分から聞くのが初めてで」

「そうか。まだ、おれも、くわしいことはつかんでねえんだ。ともかく、若師匠の耳に入れておこうと思って来たのよ」

弥八が話したことによると、藤兵衛に伊七のことを知らせると、彦四郎にも話しておくように言われ、道場まで足を運んできたという。

「若師匠とご師範は、まだ道場にいるかもしれねえ」

佐太郎が言った。

「ちょうどいい。おふたりの耳に入れておこう。佐太郎、おめえもいっしょに来るかい」

「へい、お供をしやす」

弥八と佐太郎は、すぐに道場に入った。

道場内に、彦四郎と永倉の姿があった。ふたりは、木刀で素振りをしていた。彦四郎は、まだ型稽古は無理なのかもしれない。

5

「弥八と佐太郎か、どうした」

彦四郎は、道場に入ってきたふたりを目にして木刀をおろした。

「ちょいと、お耳に入れておきてえことがありやして」

弥八が腰をかがめて言った。

「ちょうどいい。おれたちも、ふたりに話しておきたいことがあるのだ」

そう言って、彦四郎は道場の床に腰を下ろした。

永倉も、額に浮いている汗を手の甲で拭いながら床に胡座《あぐら》をかいた。

「何か知れたのか」

彦四郎が弥八に訊いた。

「へい、道場の門弟を襲った一味のうちのひとりが知れやした」

「知れたか」

永倉が声を上げた。

「伊七って町人でさァ」

弥八は伊七をつきとめた経緯を簡単に話した。

「それで、伊七という男の居所も分かったのか」

彦四郎が訊いた。

「それが、まだなんでさァ。米沢町の長屋に、情婦《いろ》といっしょに住んでたらしいですがね。長屋を出ちまったんで」

弥八は、権造から伊七は米沢町にいたことがあると聞き、さっそく米沢町へ行って聞き込み、伊七が住んでいた長屋をつきとめた。ところが、長屋に伊七はいなかった。半年ほど前に、長屋を出たという。情婦も、どこへ行ったか分からなかった。

「ただ、手掛かりはありやす。……長屋の住人の話じゃァ、伊七は本郷の方へ行くと言ってたらしいんでさァ」

「本郷だと」

彦四郎の声が大きくなった。

「へい」

「本郷のどこか、分かるか」

「それが、長屋の者は伊七から本郷の方へ行くと聞いただけで、行き先は知らねえんでさァ」

「実は、おれたちも本郷にかかわることで、耳にしたことがあるのだ」

彦四郎が声をあらためて言った。

「何かつかんだんですかい」

佐太郎が、声を大きくして訊いた。

「土屋家の剣術指南の件だが、本郷にある利根崎《とねざき》道場に決まったようなのだ。……どうも、米山が斬られたために、おれたちの道場は敬遠されたらしい」

彦四郎と永倉は、小川町で、神道無念流の道場が土屋家の剣術指南役に迎えられるらしいと耳にした。その後、小川町から通ってくる門弟から話を聞き、道場主が利根崎宗三郎《そうざぶろう》という名であることが知れたのだ。

そこまで彦四郎が話したとき、

「若師匠、伊七ですがね、利根崎のところにいるかもしれねえ」

弥八が身を乗り出して言った。

「何か、利根崎道場のことで耳にしたのか」

「利根崎ってえ名は聞いてねえが、伊七は、腕のたつ二本差しのところで剣術を習っていると口にしたらしいんでさァ」

「伊七は利根崎のところで剣術を習っているのか」

永倉が口をはさんだ。

「まちげえねえ」

弥八がはっきりと言った。

「伊七は、荒川や米山たちを襲った一味のひとりとみていいいな。……だいぶ、一味の者たちがみえてきた」

そう言って、彦四郎は男たちに目をやった。

千坂道場の門弟や彦四郎たちを襲い、さらに道場破りに来た者たちは、都合四人だった。頭格と思われる痩身の武士、大柄な武士、長身の武士、それに町人だった。

町人が、伊七とみていい。

彦四郎の話を聞いた佐太郎が、

「痩せた男が、利根崎ですかい」

と、目をひからせて訊いた。

「いや、利根崎ではないな」

彦四郎たちは本郷で聞き込んだとき、利根崎の風貌や体軀なども聞いていた。

利根崎のことを知っている者によると、利根崎は中肉中背で、肩幅のひろい、腰のどっしりした体軀とのことだった。それに、細い目で鼻梁が高いという。彦四郎たちが道場で目にした三人の武士のなかには、そうした顔付きの男はいなかった。

「利根崎は、直接手を出していないようだ」

彦四郎が言い添えた。

道場主の利根崎が自ら千坂道場の若い門弟を襲ったり、道場破りに乗り込んできたりすることはないだろう。ただ、道場破りに来た三人の武士や伊七が、利根崎道場とかかわりがあるのはまちがいないようだ。

「若師匠、これからどうしやす」

佐太郎が訊いた。

「利根崎を探らねばならんが……。ところで、佐太郎は何を探っていたのだ」

「あっしは、道場を見張っているやつがいるんじゃァねえかと思いやしてね。道場のまわりに目を配ってやしたが、何もつかめねえんで」

佐太郎が首をすくめて言った。

「佐太郎、いいところに目をつけたではないか。おれも、門弟やおれたちの動きを探っている者がいるとみていたのだ。……荒川や米山が襲われただけではない。おれたち家族が華村からの帰りに襲われたのも、おれたちが華村に出かけたことを知らなければ、待ち伏せできないからな」

彦四郎が言った。

「あっしも、そう思いやしてね。道場を見張ってやしたが、それらしいやつはつかめねえんでさァ」

「佐太郎、根気のいる張り込みだが、しばらくつづけてくれないか。門弟たちが、道場を出るところだけでいい」

彦四郎が励ますように言った。

「やりやしょう」

そう言って、佐太郎は胸を張った。

「あっしは、伊七の塒を探してみやすよ」

弥八が小声で言った。

「おれたちは、利根崎道場を探ってみるつもりだ」

彦四郎は利根崎道場の門弟に訊けば、いま利根崎がどこで何をしているか分かるだろうと思った。

6

「彦四郎、永倉、身を変えていったらどうだ」

藤兵衛が、けわしい顔で言った。

千坂道場だった。朝稽古が終わった後である。今日は、めずらしく藤兵衛が道場に顔を出し、師範座所から稽古の様子を見ていたのだ。

稽古が終わって門弟たちが帰った後、彦四郎が、「利根崎道場を探るために、これから本郷まで出かけるつもりです」と藤兵衛に話したのだ。

「彦四郎たちが道場を探っていれば、利根崎たちはすぐに気付くぞ。おそらく、華村からの帰りのときのように襲ってくる。今度は、人数を増やしてな」

「そうかもしれません」

彦四郎は、藤兵衛の言うとおりだと思った。

すると、彦四郎と藤兵衛のやり取りを聞いていた永倉が、

「利根崎たちに知れないように、身を変えましょう」

と、目をひからせて言った。

彦四郎たち三人は母屋へ行き、彦四郎が小袖にたっつけ袴に着替え、永倉は袴を穿《は》かず、小袖を着流しした。さらに、ふたりは網代笠をかぶって顔を隠すことにした。

「これなら、彦四郎たちとは思わんな」

藤兵衛がふたりに目をやりながら言った。

彦四郎と永倉は母屋の脇にある小径《こみち》をたどり、道場からすこし離れた通りに出た。そこから道場の戸口に目をやったが、うろんな人影はなかった。

彦四郎たちは柳原通りを西にむかい、昌平橋を渡って湯島に出た。そして、中山道を本郷にむかって歩いた。

湯島の聖堂の裏手まで来たとき、

「尾けてくる者はいないいな」

永倉が振り返って言った。

「尾行者はいないようだが、利根崎道場のことを探っているとき、気付かれるかもしれんぞ」

彦四郎は、利根崎道場の門弟に話を聞くとき、用心しなければ正体が知れる恐れがあると思った。

さらに中山道を歩くと、前方右手に加賀百万石、前田《まえだ》家の上屋敷が見えてきた。殿舎の甍《いらか》が折り重なるようにつづいている。この辺りから、本郷である。

彦四郎たちは、前田家の上屋敷の近くまで来ると、利根崎道場のことを訊いてみることにした。街道沿いにあるとは、思えなかったのだ。

ふたりは近隣に住んでいると思われる武士に声をかけて利根崎道場のことを訊いたが、知る者はいなかった。それでも、四人目に訊いた若い武士が、

「利根崎道場なら、菊坂町ですよ」

と、教えてくれた。

その武士に、菊坂町はどの辺りかと訊くと、前田家の屋敷の前を左手に入ればすぐだと話した。

菊坂町に入ると、町家がつづいていた。菊坂町は町人地だが、通りには武士の姿も多かった。町の周辺には武家地がひろがり、旗本屋敷や御家人の屋敷が多かった

のだ。

「道場がどこにあるか訊いてみるか」

彦四郎が、通りの先に目をやりながら言った。

「むこうから来る武士は、どうだ」

御家人ふうの武士が、中間らしい男をふたり連れてこちらに歩いてくる。

武士は年配らしく道場に通っているようには見えないが、近隣に住んでいるなら、
利根崎道場のある場所ぐらいは知っているだろう。

「おれが訊いてみる」

永倉が足を速めて武士に近付いた。

彦四郎は永倉にまかせることにし、路傍に足をむけた。

「ちと、お訊きしたいことがござる」

永倉が武士に声をかけた。

武士はうさん臭そうな目で永倉を見た後、

「急ぐゆえ、手短にお願いしたい」

と、突っ撥《ぱ》ねるように言った。

「この近くに利根崎道場があると聞いてまいったのだが」

「利根崎道場は、この先です。二町ほど歩けば、すぐに分かります」

「大きな道場でござるか」

「行けば、分かりますよ」

武士は、「それがし、急いでおりますので、これで」と言い置き、そそくさと歩きだした。

永倉は彦四郎のそばにもどると、

「なんだ、あいつ」

と、渋い顔をして言った。

「そう、腹を立てるな。利根崎道場がどこにあるか知れたのだ。ともかく行ってみよう」

彦四郎と永倉は、武士に聞いた道を先にむかった。

二町ほど歩いたとき、永倉が足をとめ、

「あれが、道場ではないか」

と、前方右手を指差して言った。

通り沿いに、道場らしい建物があった。道場にしてはちいさいが、脇が板壁になっていて、武者窓がついている。

「やけに古い道場だな」

永倉が、「庇《ひさし》を見ろ」と言って指差した。庇の一部が垂れ下がっていた。板壁も所々剝《は》がれている。

「表戸はしまっているぞ。……それに、まったく物音がしない」

道場は閉じたのではないか、と彦四郎は思った。

「これが、利根崎道場か」

永倉は呆気《あっけ》にとられたような顔をした。

「ともかく、近所で話を聞いてみよう」

彦四郎は、道場の斜向かいに小体な八百屋があるのを目にした。店先に親爺《おやじ》らしい男が立っていた。茄子《なす》を手にしている。台の上に並べられた茄子と里芋を並べ替えているらしい。

「八百屋の親爺なら知っていそうだ」

彦四郎と永倉は、八百屋に足をむけた。

7

彦四郎は八百屋の店先に立つと、

「ちと、訊きたいことがあるのだがな」

と、親爺に声をかけた。

永倉はすこし離れた場所に立っていた。

「へえ」

親爺は戸惑うような顔をした。見知らぬ武士に、いきなり声をかけられたからだろう。

「そこに、剣術の道場があるが、利根崎道場かな」

彦四郎は利根崎の名を出して訊いた。

「そうでさァ」

親爺は茄子を手にしたまま言った。

「道場はしまっているようだが、稽古はしていないのか」

「三月ほど前に、道場はしめやした」

「つぶれたのか」

「つぶれたんじゃァねえようで……。だいぶ古くなったんで、新しく建て替えるそうでさァ」

「そこに、新しい道場を建てるのか」

道場を新しく建てるような感じはなかった。そのまま放置されているように見える。

「別の場所のようですよ」

「どこに、建てるのだ」

「あっしには、分からねえ」

そう言って、親爺は手にした茄子を台の上の笊《ざる》に置いた。仕事に戻りたいようだ。

「利根崎どのは、どこに住んでおられるのだ」

道場の近くに、住居と思われるような家屋はなかった。

「宗三郎さまは、ご新造さんと近くの借家に住んでたんですがね。いまは、その借家も出たようでさァ」

「門弟たちは、どうしたのだ」

さらに、彦四郎が訊いた。

「門弟のことは分からねえ」

親爺は台の方に体をむけて、茄子と里芋を並べ直し始めた。いつまでも、油を売っているわけにはいかないと思ったらしい。

「邪魔したな」

彦四郎は店先から離れた。それ以上、親爺から聞くこともなかったのである。

彦四郎と永倉は道場の前まで行ってみた。板戸はしまっていた。久しく戸口から出入りしてないらしく、戸口の前に雑草が生えていた。

「利根崎は、道場をつづける気があるのかな」

永倉が首をひねりながら言った。

「新しく別の場所に道場を建てて、道場をつづける気らしい。……そうでなければ、土屋家の出稽古など引き受けたりしないからな」

利根崎は大きな道場を建て、大勢の門弟を集めるつもりではないか、と彦四郎は思った。

それから、彦四郎と永倉は通りかかった武士をつかまえ、利根崎道場のことを訊いてみたが、新たなことは知れなかった。ふたりは半刻（一時間）ほど路傍に立って聞き込みをつづけたが収穫はなく、諦めて千坂道場に帰ろうと思った。

ふたりが通りを中山道の方にむかって歩き始めたとき、

「むこうから、若い武士が来る。あのふたりに訊いてみよう」

永倉が前方を指差して言った。

小袖に袴姿の若侍が、何やら話しながらこちらに歩いてくる。小身の旗本か御家人の子弟とみていいだろう。

「しばし、しばし」

永倉がふたりに近寄って声をかけた。

「何か……」

丸顔の武士が、足をとめた。まだ、十七、八と思われる若侍である。

もうひとりは、がっちりした体軀の赤ら顔の武士だった。こちらも、十七、八であろうか。

「おふたりは、そこにある利根崎道場をご存じか」

永倉が背後を振り返って訊いた。

「知ってますよ」

赤ら顔の武士が答えた。

「利根崎道場の門弟でござるか」

「ちがいます。それに、利根崎道場は門を閉じたままですよ」

丸顔の武士が言った。

「利根崎道場は、ちかいうちに新たに道場をひらくと聞いたのだが、どこに建てるかご存じかな。……おれの知り合いが、近くに建つなら入門したいらしいのだ」

永倉は、適当な作り話を口にした。

「筋違御門の近くと聞いたような気がするが……。青木《あおき》、知っているか」

丸顔の武士が、脇に立っている赤ら顔の武士に訊いた。赤ら顔の武士は、青木という名らしい。

「おれは、小柳町と聞いたぞ」

青木が言った。

「小柳町のどこだ」

すぐに、永倉が訊いた。

神田小柳町は、米山が襲われた平永町の隣町である。千坂道場のある豊島町からも近かった。

「どこかは、知りません」

青木が言った。

「これまで、ここにある道場に通っていた門弟たちは、どうするのだ。小柳町にできる道場に通うつもりかな」

「ここから小柳町は遠くないし、ほとんどの門弟は、新しい道場に通うはずですよ。わたしの知り合いも、通うと言ってましたから」

丸顔の武士が言った。

「そうか」

永倉が口をつぐんだとき、脇で聞いていた彦四郎が、

「ところで、利根崎どのが、幕府の御小納戸頭取をされている土屋家に剣術の指南に行くという話を耳にしているかな」

と、ふたりの武士に訊いた。

「聞いてますよ。わたしの知り合いは、喜んでましたから」

「なぜ、門弟が喜ぶのだ」

利根崎本人ならともかく、門弟たちまで喜ぶことはないだろう、と彦四郎は思った。

「道場主の利根崎どのといっしょに出稽古に行き、土屋さまに認められれば、仕官の道もひらける、と言われたそうですよ」

「仕官の道がひらけるだと」

期待のし過ぎではないか、と彦四郎は思ったが、口にしなかった。ふたりの若侍に話すようなことではなかったのだ。

「手間をとらせたな」

彦四郎がふたりの若侍に礼を言い、永倉とともにその場を離れた。

彦四郎と永倉は、菊坂町からの帰りに小柳町に立ち寄った。利根崎道場の建つ場所を確かめようと思ったのだ。それに、本郷を離れた利根崎が小柳町のどこかに住んでいるかもしれない。

彦四郎たちは通りすがりの武士や話の聞けそうな店に立ち寄って、道場の建つ場所を訊いたが、知る者はいなかった。利根崎の住居もつかめなかった。

彦四郎は、淡い夕闇に染まってきた柳原通りを千坂道場にむかいながら、

「もうすこし探ってみよう」

と、永倉に言った。

まだ、帰り道で訊いただけである。小柳町はひろい。どこかに道場の建設地があるはずだった。

第四章　道場襲撃

1

アアアッ……。

佐太郎は大口をあけて欠伸《あくび》をした。佐太郎は、通り沿いの椿の樹陰から千坂道場の戸口付近に目をやっていた。

この場に身を隠して一刻（二時間）ほどになるが、千坂道場を探っている者は姿を見せなかった。

彦四郎に、しばらく張り込みをつづけてくれ、と言われ、午後の稽古が始まるころから、この場に身をひそめて道場の戸口近くに目をやるようになったのだ。

それから、いっときすると、午後の稽古が終わったらしく、門弟たちが戸口から出てきた。ほとんど顔を知った者たちである。

……だいぶ、すくなくなった。

と、佐太郎は思った。

荒川と米山が道場帰りに殺されてから、午後の稽古に参加する者がすくなくなったのだ。それに、道場をやめた者も何人かいると聞いていた。

佐太郎は胸の内で、なんとかしねえと、千坂道場はつぶれちまう、とつぶやいた。

道場から出る門弟たちの姿がとぎれていっときしたとき、門弟がひとり出てきた。

……戸田じゃァねえか。

戸田は剣袋を手にし、ひとりで柳原通りの方へむかった。佐太郎は戸田の家がどこにあるか知らなかったが、いつも柳原通りの方へ帰るので、御徒町辺りにあるのだろうと思っていた。

戸田が佐太郎の前を通り過ぎたとき、一町ほど先に武士の姿が見えた。こちらに歩いてくる。武士は痩身で、小袖にたっつけ袴姿だった。網代笠をかぶっている。

……あの二本差し、どこかで見たな。

佐太郎は、どこで見たか思い出せなかった。

戸田は武士と顔を合わせると、何やら言葉をかわした。そのとき、佐太郎の脳裏に、以前ふたりが言葉をかわしたときの光景が蘇《よみがえ》った。

……やつだ！

と、佐太郎は胸の内で叫んだ。

以前目にした武士は羽織袴姿だったが、戸田と言葉をかわしたときの恰好が、いま目にしている瘦身の武士と重なったのである。

瘦身の武士は道場の前まで来ると、戸口に近付いた。そして、板戸越しに道場内に耳をかたむけているようだったが、すぐに離れた。豊島町の通りを足早に南にむかっていく。

佐太郎は、椿の樹陰から通りに出た。前を行く武士から一町ほどの距離をとって尾け始めた。

尾行は楽だった。武士は網代笠をかぶって顔を隠しているせいもあるのか、まったく振り返らなかった。

武士は四辻《よつつじ》につきあたると、右手に折れた。そこは表通りで、行き交うひとの姿が多かった。武士は人通りのなかを西にむかった。

佐太郎は、武士との間をつめた。人通りに紛れて、姿を見失う恐れがあったからだ。

武士は日本橋の町筋を西にむかい、三島町に入って間もなく表通りから路地に足をむけた。

武士が入ったのは、路地沿いにあった仕舞屋だった。借家ふうの小体な造りで、同じような家が三棟並んでいた。

……ここが、やつの塒だ。

と、佐太郎は思った。

佐太郎は足音を忍ばせて、仕舞屋の戸口に近付いた。家のなかから障子をあけしめするような音と話し声が聞こえた。男の声であることは分かったが、何を話しているのか聞き取れなかった。

佐太郎は、長くその場にいることはできなかった。路地の通行人の目に触れるのだ。仕舞屋の前から離れると、路地沿いにあった豆腐屋の親爺に、借家に入った武士の名を訊いてみた。

「松崎紀之助《まつざきのりのすけ》ってえ名でさァ」

親爺が石臼《いしうす》で豆をひきながら言った。

「松崎な」

まったく、覚えのない名だった。

家のなかで男の話し声が聞こえたので、松崎の他に男がいたはずである。

「いっしょに住んでるのは、だれだい」

「知りませんねえ。松崎の旦那は、越してきたばかりなんでさァ。それに、話をしたこともねえんで」

親爺によると、松崎は三月ほど前に借家に越してきたという。

佐太郎が親爺と話していると、背後に近付いてくる足音がし、

「佐太郎じゃァねえか」

と、声がした。

振り返ると、弥八が立っていた。

「親分、どうしてここに」

「おめえこそ、ここで何してるんだい」

「ちょいと、二本差しのことで……」

佐太郎は店の親爺の前で話はできないと思い、弥八とふたりで店先から離れ、

「道場を見張ってやつを見つけやしてね。ここまで、跡を尾けてきたんでさァ」

そう切り出し、道場を出た戸田がうろんな武士と言葉を交わしたことから、その武士の跡を尾けてここまで来たことを話した。

「その二本差しが入ったのは、そこの借家かい」

弥八が、借家を指差した。

「そうでさァ」

佐太郎は、借家に入った武士が、松崎紀之助という名であることを言い添えた。

「松崎ってえやつは、門弟を襲った三人のうちのひとりとみていいな」

弥八の顔がけわしくなった。

「あっしも、そうみやした。……ところで、親分はどうして、ここに」

「伊七の塒がこの辺りにあると聞いて、来てみたのよ」

弥八はあらためて米沢町に出向き、伊七が住んでいた長屋に出向いて聞き込んだという。そのとき、長屋に住む三吉《さんきち》という遊び人が、半月ほど前に伊七が三島町を

歩いているのを見かけて声をかけたと話した。

三吉は伊七との話で、伊七が三島町に住んでいるらしいことが分かったという。

弥八は、三島町だけでは探しようがないので、「三島町のどの辺りかわかるか」と三吉に訊いたそうだ。

すると、三吉は「杉本屋《すぎもとや》ってえ、両替屋の近くの借家らしい」と話した。

さっそく、弥八は三島町に来て杉本屋を探した。

杉本屋はすぐに知れた。表通りに土蔵造りの店を構えていた。界隈では名の知れた大店《おおだな》だった。

弥八は借家を探したが、表通りに借家らしい家屋は見当たらなかった。杉本屋の近くの店に立ち寄って訊くと、杉本屋の斜前にある路地を入った先に借家がある、と聞いて、来てみたのだという。

「ここまで来たら、おめえを見かけてな、声をかけたのよ」

弥八が言った。

「借家のなかで松崎と話してたやつが、伊七かもしれねえ」

佐太郎が、松崎の入った家のなかから男の話し声が聞こえたことを言い添えた。

「何を話してたんだい」

弥八が訊いた。

「声がちいさくて何を話してるか、聞き取れなかったんでさァ」

「佐太郎、そいつらの話を聞いてみるか」

「聞き取れませんや」

佐太郎が、表の戸口に身を寄せたが聞き取れなかったこと、それに路地を通る者の目にとまるので、長くはいられないことを話した。

「なに、どこかに話の聞き取れるところがあるはずだ」

弥八が目をひからせて言った。

2

佐太郎は松崎が入った借家を指差し、

「その家でさァ」

と小声で言った。

その借家は、三棟並んでいる右手にあった。他の二棟もだれか住んでいるらしかったが、人の声は聞こえなかった。

「佐太郎、家の脇を通って裏手にまわってみるか」

弥八が松崎の住む借家に目をやりながら言った。

借家の脇が狭い空き地になっていた。空き地の先に、小体な店があった。八百屋らしい。店先に人影はなかった。

「へい」

ふたりは足音を忍ばせ、借家の脇の空き地を通って裏手にまわった。

家の裏手は台所になっているらしかった。明かり取りの窓があり、その下に薪《まき》が積んであった。

「こっちだ」

弥八は忍び足で、明かり取りの窓の下に身を寄せた。積んである薪の脇に屈《かが》むと、路地からは見えなくなった。

弥八と佐太郎は、聞き耳をたてた。

「聞こえる！」

佐太郎が声を殺して言った。

家のなかから話し声が聞こえてきた。男の声である。

……一刻《いっこく》も早く、始末した方がいいな。

くぐもった男の声がした。武士らしい物言いだが、佐太郎と弥八には、だれの声か分からなかった。

……道場から出てくるのを待つか。

すこし掠《かす》れた別の声がした。こちらも、武士らしい物言いである。とすると、家のなかには武士がふたりいることになる。

……いつ、出てくるか分からんぞ。

と、くぐもった声の主が言った。

……松崎の旦那、道場に踏み込んで殺っちまったらどうです。

町人らしい声が聞こえた。伊七ではあるまいか。松崎は、佐太郎が尾けてきた痩身の武士である。

……稽古の後、道場に残っているのは、道場主の千坂と師範代の永倉だけだな。

くぐもった声の武士が、念を押すように訊いた。

「……そうだが、ふたりとも遣い手だぞ」

「……道場の裏手の家にいるのは」

「……女と子供だけだ」

「……道場にいるのが、千坂と永倉だけなら、いかに遣い手であろうと、四、五人で踏み込めば、討てるはずだ」

くぐもった声の武士が言った。

「……やりやすか！」

町人が声を上げた。

「……いつ、やる」

松崎が訊いた。

「……早い方がいいが——。二、三人、集めねばなるまい。明後日《あさって》だな」

「……明後日、午後の稽古が終わった後だな」

「……踏み込んで、千坂と永倉を斬る」

くぐもった声の武士が、強いひびきのある声で言った。

弥八と佐太郎は、足音をたてないようにその場を離れた。

ふたりは路地にもどると、

「やつら、千坂道場を襲う気だ」

弥八が言った。

「わ、若師匠と、永倉の旦那が殺られちまう」

佐太郎の声が震えた。

「すぐに、知らせるんだ」

弥八と佐太郎は走りだした。

路地から表通りへ出ると、町筋を千坂道場のある豊島町にむかった。すでに陽は沈み、西の空は茜《あかね》色の夕焼けに染まっていた。表戸をしめた店の軒下や天水桶《てんすいおけ》の陰などに、淡い夕闇が忍び寄っている。

弥八たちは道場には寄らず、道場の脇を通って裏手の母屋にむかった。庭に面した座敷の障子に灯《ひ》の色があった。

彦四郎とお花の声が聞こえた。お花が笑っている。夕餉《ゆうげ》を終え、彦四郎はお花を相手にくつろいでいるようだ。

「若師匠、大変だ！」

佐太郎が縁先で声を上げた。

すぐに、彦四郎とお花の声がやみ、立ち上がる気配がした。

カラリ、と障子があいた。彦四郎が姿をあらわし、その腰のあたりからお花が外を覗いた。

「佐太郎、弥八、どうした」

彦四郎が縁側に出てくると、お花が後ろからついてきた。

「大変だ！　やつらが、道場に押し込んでくる」

佐太郎が声高に言った。

「ここを、襲うのか！」

彦四郎が、驚いたような顔をした。

お花は彦四郎の小袖の袂《たもと》をつかんで、佐太郎と弥八を見つめている。

「ここじゃァねえ。道場でさァ」

佐太郎が口早に、稽古の終わった後、門弟たちを襲った者たちが彦四郎と永倉のいる道場に踏み込んでくることを話した。

「いつだ」

「明後日と話してやした」

　佐太郎が言うと、

「若師匠、明後日は午後の稽古が終わった後、身を隠してくだせえ。母屋にいても
あぶねえ。やつら、道場にいなければ、母屋にも踏み込んでくるはずだ」

　弥八が言い添えた。

　彦四郎は左手を伸ばして、お花の背に手をやり、

「何人で踏み込んでくるか、分かるか」

　と、訊いた。

「四、五人と言ってやした。腕のたつ者たちにちげえねえ」

「うむ……」

　彦四郎は、夕闇につつまれた庭を見つめていたが、

「きゃつらを討つ、いい機会もしれん」

　と、低い声で言った。双眸が切っ先のようにひかっている。

3

千坂道場の表戸があき、門弟たちがふたり三人と出てきた。剣袋を手にしている者が多い。午後の稽古を終えて、それぞれが家へ帰るところである。

十数人の門弟が出ると、戸口近くに人影はなくなった。門弟たちは帰り終えたようである。

道場内から、まだ気合と木刀を打ち合う音がひびいていた。彦四郎と永倉が道場に残って木刀で型稽古をしているようだ。

道場の戸口に、男がひとり近付いてきた。伊七だった。濃紺の腰切半纏に黒股引姿で、手ぬぐいで頬っかむりをしていた。左官か屋根葺《ふ》き職人を思わせる恰好である。

伊七は道場の戸口に身を寄せ、いっときなかの様子をうかがっていたが、通りのなかほどに出て両手を振った。

すると、通りの先から四人の武士が駆け寄ってきた。いずれも小袖にたっつけ袴で二刀を帯び、網代笠をかぶっていた。

「どうだ、なかの様子は」

瘦身の武士が伊七に訊いた。松崎である。

「千坂と永倉が、稽古してまさァ」

伊七が口許に薄笑いを浮かべて言った。

道場内から、気合と木刀を打ち合う音が聞こえてきた。

「ふたりだけだな」

松崎が念を押すように訊いた。

「へい、門弟たちは帰《けえ》りやした」

「よし、踏み込むぞ」

松崎は網代笠をとった。そして、懐から出した頰隠し頭巾《ずきん》をかぶって顔を隠した。

すぐに、他の三人の武士も用意した頰隠し頭巾をかぶった。顔を隠して、彦四郎たちを襲うつもりらしい。

「戸はあきやすぜ」

伊七が引き戸をあけた。

すると、道場内で聞こえていた気合と木刀を打ち合う音がやんだ。彦四郎と永倉が、戸口の物音で何者かが踏み込んできたのを察知したようだ。

「いくぞ！」

松崎が声を殺して言い、刀を抜いた。

三人の武士も次々に抜刀した。薄暗い土間で、四人の刀がにぶくひかっている。

土間の先に、狭い板間があった。松崎たち四人は、土間につづく板間に踏み込んだ。

「来たな」

「四、五人いるぞ」

道場内にいた彦四郎と永倉は声を殺して言うと、すぐに師範座所の脇に置いてあった大刀を手にした。

戸口に出入りする板戸のむこうで、かすかな抜刀の音につづいて数人の床を踏む足音が聞こえた。

「入ってくるぞ！」

彦四郎が板戸を見すえて言った。

板戸が静かにあいた。戸のむこうに、頬隠し頭巾で顔を隠した男の姿が見えた。

四人——。いずれも、抜き身を引っ提げている。

四人は道場に踏み込んできた。

「いたぞ！　千坂と永倉だ」

大柄な武士が声を上げた。

「待っていたぞ！」

言いざま、彦四郎が抜刀した。

そのときだった。門弟たちの着替えの間につづく板戸があけはなたれ、男たちが次々に道場に飛び出してきた。

藤兵衛、高弟の秋山、佐々木、それに、まだ二十代半ばだが、腕のたつ小池洋之助《こいけようのすけ》だった。秋山、佐々木、小池の三人には、彦四郎が声をかけ、門弟たちを襲った一味を討つために残ってもらったのだ。

藤兵衛たちはすばやい動きで、押し込んできた四人の背後にまわり込んだ。すでに抜刀し、抜き身を手にしていた。

「覚悟しろ」

藤兵衛が大柄な武士に切っ先をむけた。

「待ち伏せていたか！」

大柄な武士が叫び、慌てて藤兵衛に体をむけた。

踏み込んできた四人は道場のなかほどに集まり、近寄ってきた藤兵衛や彦四郎に切っ先をむけた。

彦四郎は痩身の武士と相対した。その体軀から、痩身の武士は道場破りに来たひとりで、一味の頭格とみていた男だと分かった。佐太郎から聞いた話によると、痩身の武士の名は松崎紀之助とのことだった。

「松崎、なにゆえこの道場を襲うのだ」

彦四郎が語気を強くして訊いた。

「……………！」

松崎の視線が揺れた。名まで知られているとは、思わなかったのだろう。

「利根崎道場のためか」

彦四郎は、利根崎道場の名も出した。

「も、問答無用……」

松崎が声をつまらせて言った。表情はうかがえなかったが、目に狼狽《ろうばい》の色があった。

「前に出ろ！　おれが相手だ」

彦四郎は、すこし後じさった。松崎を前に出そうとしたのだ。押し入ってきた四人は、道場のなかほどにかたまっていた。このままだと入り乱れての斬り合いになり、道場側からも犠牲者が出るとみたのである。

「おのれ！　千坂」

松崎が摺り足で二間ほど前に出てきた。

これを見た藤兵衛も、

「ここは狭い。前に出ろ」

と、大柄な武士に声をかけて後じさった。

藤兵衛と大柄な武士は、土間へ出る戸口の近くで対峙した。

彦四郎と松崎は、三間ほどの間合をとって対峙した。真剣での立ち合い間合としては近いが、道場内のためひろくとれないのだ。

彦四郎は青眼、松崎は八相に構えた。

4

……こやつ、遣い手だ！

彦四郎は察知した。

松崎は両肘を高くとり、刀身を垂直に立てた。大きな構えである。全身に気勢がみなぎり、上から覆いかぶさってくるような威圧感があった。しかも体に力みがなく、ゆったりとした感じがする。

彦四郎は剣尖を松崎の喉元につけると、切っ先に気魄をこめ、斬撃の気配を見せた。受けにまわらず、松崎を攻めようとしたのだ。

松崎が驚いたように視線を揺らした。青眼に構えた彦四郎と対峙し、思っていたより遣い手と分かったからだろう。

だが、松崎の目からすぐに表情が消えた。彦四郎の全身に目をむけているようだ。遠山《えんざん》の目付《めつけ》である。一点にとらわれず、遠い山を眺めるように敵を見る。敵の動きに惑わされることなく、斬撃の起こりを察知することができるのだ。

彦四郎と松崎は対峙したまま動かなかった。ふたりとも、全身に気勢をみなぎらせて攻めていた。気攻《きぜ》めである。

このとき、藤兵衛は大柄な武士と対峙し、青眼に構え合っていた。まだ、ふたりの間合は三間余があった。いずれもゆったりした構えで、斬り込んでいく気配はなかった。

「わしの名は千坂藤兵衛、うぬの名は」

藤兵衛が誰何した。

「両国だ」

大柄な武士は、道場破りに来たときの名を口にした。

「両国か。それで、流は」

藤兵衛は、彦四郎から両国という名は偽名らしいと聞いていた。

「神道無念流――」

「わしは、一刀流だ」

藤兵衛は、武士が口にした神道無念流は出鱈目《でたらめ》ではないだろうと思った。流名まで偽る必要はないのだ。

「なにゆえ、門弟を襲ったのだ」

さらに、藤兵衛が訊いた。

「問答無用！」

言いざま、大柄な武士は一歩踏み込んだ。全身に気勢を漲《みなぎ》らせ、斬り込んでくる気配を見せた。

「まいろう」

藤兵衛はゆっくりとした動きで刀身を振り上げて八相に構え、両拳を肩口にとって刀身を寝かせた。低い八相である。

そのとき、大柄な武士の目に驚きの色が浮いた。藤兵衛の構えを見て、尋常な遣い手でない、と察知したのである。

大柄な武士はすこしずつ後じさった。藤兵衛の構えに威圧され、対峙していられなかったのだ。

ふいに、道場のなかほどで、グワッ！　という呻き声が聞こえた。

永倉と切っ先を向け合っていた長身の武士が、よろめいている。

長身の武士の小袖の脇腹が横に裂け、あらわになった肌が血に染まっていた。永倉の斬撃をあびたらしい。

それでも、長身の武士は足を踏ん張って体勢を立て直すと、青眼に構えて切っ先を永倉にむけた。だが、その切っ先が揺れていた。腰も浮いている。

「観念しろ！」

叫びざま、永倉が青眼に構えたまま踏み込んだ。

長身の武士は、さらに後じさったが、その背が道場の板壁に迫った。これ以上、逃げられない。

永倉が斬撃の構えを見せながらさらに迫ると、
イヤアッ！

突如、長身の武士が甲走った気合を発して斬り込んできた。

青眼から刀を振り上げざま真っ向へ――。

捨て身の攻撃だったが、鋭さも迅さもなかった。

永倉は青眼に構えた刀身を横に払って、長身の武士の斬撃を弾くと、すかさず二の太刀を袈裟に斬り下ろした。一瞬の太刀捌きである。

ザクリ、と長身の武士の肩から胸にかけて小袖が裂け、肩の肉が赤くひらいたように見えた次の瞬間、傷口から血が迸《ほとばし》り出た。

長身の武士はよろめき、足がとまると、がっくりと両膝を折り、その場にへたり込んだ。肩から胸にかけて血で真っ赤に染まっている。

彦四郎と対峙していた松崎は、長身の武士が斬られたのを目にすると、いきなり、摺り足で間合をつめ、
トオオッ！

鋭い気合を発して、斬り込んできた。

遠間から、八相から袈裟へ――。鋭い斬撃だったが、間合が遠かった。

彦四郎は一歩身を引いて松崎の切っ先をかわすと、踏み込んで斬り込もうとし

た。

　と、松崎はすばやい動きで後じさりながら、ふたたび八相に構えた。

　彦四郎は間合をつめたが、すばやい寄り身ではなかった。松崎は八相に構えなおすために後じさったが、すぐに足をとめるとみたのだ。

　だが、彦四郎との間合はさらにあいた。松崎は足をとめずに身を引いたのだ。

　松崎は彦四郎との間合があくと、

「引け！　この場は引け！」

　と叫んで反転した。

　一瞬、彦四郎は踏み込みが遅れた。松崎が逃げるとは思ってもみなかったのだ。

　松崎は戸口の前まで行くと、

「引け！」

　と、道場内にいる仲間に声をかけてから、戸口へ飛び出した。

　藤兵衛と対峙していた大柄な武士は、松崎の声を耳にすると、すばやく後じさり、反転した。

「逃がさぬ！」

藤兵衛が踏み込みざま、斬り込んだ。

八相から袈裟へ。一瞬の踏み込みである。

藤兵衛の切っ先が、反転して背をむけた大柄な武士の肩から背にかけて小袖を斬り裂いた。あらわになった大柄な武士の肌に血の線がはしり、ふつふつと血が噴いた。だが、皮肉を浅く裂かれただけらしい。

大柄な武士は呻き声も洩《も》らさず、どかどかと戸口の方へ逃げた。大柄だが、逃げ足は速かった。

大柄な武士につづいて、もうひとりの武士も逃げだした。右袖が裂けて血の色があったが、浅手らしい。

道場内に踏み込んできた四人のうちの三人が、抜き身を引っ提げたまま戸口から飛び出し、通りを走って逃げた。

彦四郎や永倉たちは戸口まで追って出たが、三人の武士がだいぶ離れたのを目にして足をとめた。追っても、追いつけそうもない。

「逃げ足の速いやつらだ」

永倉が、遠ざかっていく三人の背に罵声《ばせい》を浴びせた。

5

彦四郎たちは道場にもどった。

道場のなかほどに長身の武士がへたり込んでいた。その武士の脇に藤兵衛が立っていた。藤兵衛は、まだ抜き身を手にしている。

彦四郎たちは、長身の武士のまわりに集まった。

武士の小袖は肩から胸にかけて裂け、どっぷりと血を吸っていた。赤くひらいた傷口から、迸るように血が流れ出ている。

……深手だ！

彦四郎は長身の武士の傷を見て思った。

武士の体が小刻みに顫えていた。武士は周囲に集まった彦四郎たちを目だけ動かして見たが、何も言わなかった。

「名は」

彦四郎が訊いた。

武士は言葉は発せず、虚空に目をとめたまま低い喘ぎ声を洩らした。

「頭巾をとってくれ」

彦四郎が言うと、武士の背後に立っていた秋山が、武士の頬隠し頭巾をとった。

武士は土気色《つちけいろ》をした顔を苦しげにゆがめた。

「こやつ、下谷と名乗った男だ」

永倉が言った。

武士は道場破りに来た三人のうちのひとりで、下谷と名乗った男である。

「おぬし、下谷の名のまま死ぬつもりか」

そう言った後、彦四郎は武士を見つめ、

「おぬしの名は」

と、あらためて訊いた。

「し、清水安之助《しみずやすのすけ》……」

武士が声をつまらせて名乗った。

「いっしょにここに踏み込んできた他の三人の名は」

さらに、彦四郎が訊いた。

「…………」

清水は虚空に目をむけたまま口をつぐんでいた。

「ひとりは、分かっている。松崎紀之助だな」

彦四郎が松崎の名を口にすると、清水は顔を上げて彦四郎を見た。その顔に驚いたような表情が浮いたが、すぐに消えた。

清水の口から呻き声が洩れ、体の顫えが激しくなってきた。肩から胸にかけてひらいた傷口から血が流れ出ている。

「もうひとり、体の大きな男の名は」

彦四郎があらためて訊いたが、清水は口をひらかなかった。

すると、脇で聞いていた藤兵衛が、

「いまさら隠してもどうにもなるまい。それにな、三人はおまえを見捨てて逃げたのだぞ。三人のうちのだれも、おまえを助けようとはしなかった。おまえは、そんなやつらを庇《かば》うのか」

と、冷ややかな声で言った。

清水の視線が揺れた。震えながら顔を上げると、

「さ、笹森峰之助《ささもりみねのすけ》どの……」

喘ぎ声を上げながら言った。

「もうひとりは」

さらに、藤兵衛が訊いた。

「矢萩邦次郎《やはぎくにじろう》……」

「矢萩か」

藤兵衛はそう言って、彦四郎と永倉に目をむけた。矢萩という名に覚えがあるか、訊こうとしたようだ。

「初めて聞く名です」

彦四郎につづいて、

「それがしも」

と、永倉が言い添えた。

藤兵衛が口をつぐむと、

「おぬしは、利根崎道場の門弟なのか」

彦四郎が訊いた。

清水は何も言わず、ちいさくうなずいた。体の顫えがさらに激しくなってきた。長くは保《も》たぬ、と彦四郎はみて、

「松崎は」

と、すぐに訊いた。

「師範代……」

「笹森峰之助は」

「しょ、食客として、道場に……」

清水が喘ぎながら言った。

「師範代と食客か。……ところで、おぬしらは利根崎の指図で動いていたのか」

さらに、彦四郎が訊いた。

「……し、師匠の指示だけで、動いたのではない」

「他にだれかの指示があったのか」

「わ、われらのためだ」

そのとき、清水が、グッと喉のつまったような呻き声を洩らした。

「なぜ、おぬしらのためになるのだ」

「あ、新しい道場ができれば……。おれは、師範代のひとりになることに……」

清水の喘ぎ声が激しくなってきた。清水の視線が揺れている。

「利根崎はどこにいる！」

彦四郎が声高に訊いた。

「こ、小柳町に……」

清水がそう言ったとき、ふいに背筋を伸ばすようにし、顎《あご》を突き出した。喉から、ウウッという呻き声が洩れ、がっくりと頭が前に垂れた。

清水は動かなくなった。体から力が抜けている。

「死んだ……」

彦四郎がつぶやいた。

その場に集まっていた男たちは、いっとき無言のまま、息絶えた清水に目をむけていたが、

「この男は、利根崎や松崎に踊らされていたのかもしれんな」

藤兵衛がつぶやくような声で言った。

6

朝稽古が終わると、彦四郎は若い門弟の川田と佐原を呼び、

「戸田が稽古を休んでいるが、何かあったのか」

と、訊いた。

千坂道場に松崎たち四人が踏み込み、待ち構えていた彦四郎たちと斬り合ってから三日経っていた。この間、戸田はまったく道場に姿を見せなかった。

彦四郎は、佐太郎から、道場のことを松崎たちに内通していたのは戸田らしいと聞いていた。彦四郎は、戸田から事情を訊いてみようと思い、道場に姿を見せるのを待っていたのだ。

「何も聞いてませんが」

川田が言うと、

「わたしも知りません」

佐原が言い添えた。

「戸田の家を知っているか」

戸田が千坂道場に入門したのは、三月ほど前だった。そのとき、彦四郎は、戸田から八十石の御家人の次男坊で、屋敷は御徒町にあると聞いていた。御徒町から通ってくる門人は何人もいたので、それ以上詳しく訊かなかったのである。

川田と佐原の屋敷も御徒町にあった。それで、彦四郎はふたりを呼んだのだ。

「三枚橋の手前と聞きました」

川田が言った。

三枚橋は不忍池《しのばずのいけ》から流れ出す忍川にかかっている橋だった。御徒町通りを北にむかった先にある。

「どこにあるかは、知らないのだな」

彦四郎が念を押すように訊いた。三枚橋の近所は、小身の旗本や御家人の屋敷が多かった。三枚橋の手前というだけでは、探すのに手間がかかる。

「家に行ったことはないので……」

川田が小声で答えると、佐原も首をひねった。

「そうか」

彦四郎は、明日にも三枚橋の近くに行ってみようと思った。近所で聞き込めば、分かるだろう。

翌日、朝稽古が終わった後、彦四郎は佐太郎と永倉の三人で御徒町にむかった。稽古のとき佐太郎が道場に姿を見せたので、声をかけたのである。彦四郎は戸田の屋敷を探し、戸田がいるかどうか確かめてみようと思ったのだ。

神田川にかかる和泉橋を渡り、御徒町通りをそのまま北にむかえば三枚橋につきあたる。

御徒町通りは、道沿いに小身の旗本や御家人の屋敷がつづいていた。通行人は、武士や中間が多く、町人はあまり見かけなかった。

御徒町通りをしばらく歩くと、前方に三枚橋が見えてきた。

「若師匠、三枚橋のどの辺りか分かってるんですかい」

歩きながら、佐太郎が訊いた。

「いや、分かっているのは、橋の近くというだけだ」

「これだけ屋敷が多いと、探すのが大変ですぜ」

「そうだな」

通り沿いには、小身の旗本や百石前後と思われる御家人の屋敷が、ごてごてとつづいていた。

「だれかに、訊いてみるしかないな」

永倉が口をはさんだ。

「武士より、中間の方が知っているかもしれない」

彦四郎が言った。

旗本も御家人も役柄がちがうと、他家の者と話をする機会はあまりないはずである。中間のなかには渡り中間もいるので、他家の噂を耳にしている者もすくなくないだろう。

「むこうから来る中間に訊いてみやすか」

佐太郎が指差した。

中間がひとり、足早にこちらに歩いてくる。

「よし、おれが訊いてみる」

永倉が中間に足をむけた。

彦四郎と佐太郎は、この場は永倉にまかせることにし、路傍に足を寄せた。

「しばし、待て」

　永倉が中間に声をかけて近付いた。

「…………」

　中間が、不安そうな顔をして足をとめた。突然、永倉に声をかけられ、何か無礼なことでもしたのではないかと思ったらしい。

「ちと、訊きたいことがあるのだが、おまえはこの辺りのお屋敷に奉公しているのか」

　永倉が中間の前に足をとめて訊いた。

「へい、この先の前田さまのお屋敷で……」

　中間が振り返って指差した。三百石前後と思われる旗本屋敷である。

「そうか、ならば知っているかな。この辺りに、戸田どのの屋敷があると聞いてまいったのだ」

「戸田さまですかい」

「そうだ」

「お旗本で」

「いや、八十石を食《は》む御家人だ」

「ああ、あの戸田さまで」

中間の口許に薄笑いが浮いたが、永倉の顔を見てすぐに消えた。

「戸田さまの屋敷はどこだ」

永倉が語気を強めて訊いた。

「そ、そこの、三枚橋の手前を左手に入るとすぐで……」

中間によると、路地を入って三つ目の屋敷が、戸田家だという。

「三つ目だな」

「へ、へい」

中間は、「あっしは、これで」と慌てた様子で言い、永倉に首をすくめるように頭を下げると足早にその場から離れた。

永倉たちは、すぐに三枚橋にむかった。

橋の手前に、左手に入る路地があった。路地の右手に、すこし間を置いて百石前後と思われる御家人の屋敷がつづいていた。左手は狭い空き地になっている。

「あれだな」

永倉が三つ目の屋敷を指差した。

粗末な木戸門だった。屋敷も小体で、だいぶ傷んでいるようだった。戸口の庇《ひさし》が垂れ下がっている。門の脇に植えられている松も、長い間植木屋の手が入っていないとみえ、枝がぼさぼさに伸びていた。

彦四郎たちは屋敷の前まで行って足をとめたが、すぐに通り過ぎた。ときおり、御家人ふうの武士や中間などが通りかかるので、門の前に立ち止まって屋敷内の様子をうかがっているわけにはいかなかったのである。

彦四郎たちは屋敷から半町ほど通り過ぎ、路地沿いに樫が枝葉を茂らせているのを目にし、その樹陰にまわった。

「屋敷にだれかいたようだな」

彦四郎は、戸田家の屋敷内から床板を歩くような物音を聞いたのだ。

「おれも物音を聞いたぞ」

永倉が言った。

「どうする、屋敷の者に訊くことはできないぞ」

仙之助に千坂道場の者が来たと知れれば、姿を消すかもしれない。

「旦那、あっしが近所で聞き込んできやしょうか」

佐太郎が言った。

「だれに訊くのだ」

「ちょいと、別の屋敷を覗いて中間にでも訊いてみやすよ」

そう言い残し、佐太郎は樹陰から出て行った。

7

佐太郎は、路地沿いにある武家屋敷の前を通り、門扉のあいている屋敷内を覗いたり、通りかかった中間などをつかまえて話を聞いたりしていた。

佐太郎はすぐにはもどってこなかった。なかなか戸田のことを聞き出せないのだろう。それでも、小半刻（三十分）ほどすると、足早にもどってきた。

「どうだ、何か知れたか」

彦四郎が訊いた。

「へ、へい、なんとか……」

佐太郎が話したことによると、戸田家の当主は戸田恭之助《きょうのすけ》、非役なので家にいることが多いという。内証《ないしょう》は苦しいらしく、奉公人は下働きの年寄りと女中がいるだけで、中間はいないそうだ。

また、戸田家の家族は恭之助夫婦、三歳の嫡男、老母、恭之助の弟で彦四郎たちが行方を追っている戸田仙之助、それに妹のおえいがいるという。戸田家の内証が苦しいのは、家族が多いこともあるのだろう。

「戸田仙之助は、家にいるのか」

彦四郎が念を押すように訊いた。

「それが、はっきりしねえんでさァ。戸田家の前をよく通るという中間から聞いたんですがね、一昨日《おととい》、戸田が屋敷に入るところを見かけたそうでさァ」

「いまも、屋敷内にいるかもしれない」

一昨日見かけたのなら、まだ屋敷にとどまっている可能性がある。

「しばらく、見張ってみるか」

彦四郎が言った。

「いいだろう」

永倉も同意した。

彦四郎たちは、樫の樹陰に身を隠したまま戸田が姿をあらわすのを待った。彦四郎は戸田が姿を見せたら取り押さえて、物陰に引き込むなりして話を聞こうと思った。

彦四郎たちが、その場に身を隠して一刻（二時間）ほどが過ぎたが、戸田が姿を見せるどころか、屋敷に出入りした者もいなかった。

「いったん、道場にもどるか」

永倉が欠伸を嚙《か》み殺して言った。

「そうだな」

彦四郎が樹陰から出ようとしたときだった。

「だれか、出てきやした！」

佐太郎が声を殺して言った。

見ると、屋敷の木戸門の戸があいて小袖に袴姿の男が路地に姿を見せた。大小を帯びている。

「戸田だ！」

永倉が樹陰から飛び出そうとした。

「待て！」

彦四郎が永倉の袖をつかんでとめた。

ふたりの武士が、戸田の三十間ほど後ろにいた。たまたま路地を通りかかったようだが、彦四郎たちが戸田を襲って樹陰に引き込んだのを目にしたら騒ぎたてるだろう。戸田家からはむろんのこと、近所の屋敷からも飛び出してくるかもしれない。

「戸田の跡を尾けよう」

彦四郎は、人気《ひとけ》のないところで戸田を捕らえようと思った。

戸田は彦四郎たちが身を隠している前を足早に通り過ぎていく。戸田につづいて、ふたりの武士が通り過ぎるのを待ち、彦四郎たち三人は樹陰から路地に出た。

戸田は三枚橋のたもとに出ると、南に足をむけた。ふたりの武士は北にまがった。

戸田は御徒歩町通りを和泉橋の方へ歩いていく。

彦四郎たちは戸田の跡を尾けた。御徒町通りは、武士や中間などが行き交っていた。この辺りで、戸田を襲うことはできない。ただ、尾行は楽だった。行き交う武士に紛れて、戸田が振り返っても気付かれる恐れがなかったのだ。

戸田は和泉橋を渡った。

「やつは、千坂道場へ行く気かもしれねえ」

佐太郎が足を速めながら言った。

「そんなはずはない」

彦四郎は、戸田が午後の稽古に参加するとは思えなかった。それに、戸田は木刀や竹刀の入った剣袋を手にしていない。

彦四郎たちは足早に和泉橋を渡った。

橋のたもとに出ると、

「あそこだ！」

佐太郎が、右手を指差した。

戸田は賑やかな柳原通りを筋違御門の方へ歩いていく。やはり、千坂道場に行くのではなかった。道場とは反対方向である。

彦四郎たちは足早に歩き、戸田との間をつめた。人通りが多いので、戸田の姿を見失う恐れがあったのだ。

「おい、左手に入ったぞ」

永倉が言った。

戸田は左手の道に入った。その道の先は岩井町で、さらに平永町へとつづいている。米山が襲われた道である。

「戸田を、米山が襲われた辺りで捕らえるか」

彦四郎が言った。その辺りは、人影のない寂しい場所だった。人知れず捕らえるには、いい場所である。

「よし、おれが先回りする」

永倉が言うと、

「あっしも、行きやすぜ」

佐太郎が永倉といっしょに走りだし、左手にあった路地に入った。

ひとりになった彦四郎は、道沿いの店の脇や路傍の樹陰などに身を隠しながら戸田の跡を尾けた。

戸田は背後を振り返って見ることはなかった。自分の屋敷から尾行されるとは思っていないのだろう。

岩井町から平永町に入ると、急に道幅が狭くなり、空き地や笹藪などが目につくようになった。人通りもすくなくなり、道沿いの店はまばらになった。米山が襲われたのは、この辺りである。

8

ふいに、前を行く戸田の足がとまった。

戸田の半町ほど先に、永倉と佐太郎の姿が見えた。こちらにむかって走ってくる。彦四郎も駆けだした。

戸田はその場に立ち竦《すく》んだようだったが、反転して走りだした。永倉たちから逃げようとしたらしい。

すぐに、戸田の足がとまった。自分の方に走り寄る彦四郎の姿を目にしたのだ。戸田は戸惑うように足踏みし、左右に顔をむけて逃げ場を探した。だが、逃げ場はなかった。戸田の左手は板塀をめぐらせた仕舞屋だった。右手は笹藪になっている。

咄嗟に、戸田は笹藪のなかに踏み込もうとしたようだが、笹藪を背にして立った。すぐ近くまで永倉が迫っていたので、逃げる間はないとみたらしい。それに、笹藪の先には別の町家があり、行き止まりになっていたのだ。

　永倉が戸田の前に立ちふさがり、佐太郎が右手にまわり込んだ。彦四郎は戸田の左手にまわった。

「お、お師匠、何かご用ですか」

　戸田が彦四郎に体をむけ、声を震わせて訊いた。

「戸田、どこへ行くつもりだ」

　彦四郎が訊いた。

「こ、この先の、知り合いのところへ」

　戸田は腰を引きながら、視線を左右にやった。逃げ場を探しているようだ。

「利根崎のところか」

　彦四郎が利根崎の名を出すと、戸田の顔がひき攣ったようにゆがんだ。

「と、利根崎などという者は、知りません」

　戸田は後じさりながら、刀の柄に手をかけた。その手が震えている。

「戸田、刀から手を離せ」

　彦四郎が一歩踏み込んだ。

すると、戸田は震える手で刀を抜き、切っ先を彦四郎にむけた。刀身がワナワナと震えている。顔が蒼ざめ、目がつり上がっていた。

……戸田は我を失っている！

とみた彦四郎は、抜刀して刀身を峰に返した。峰打ちで仕留めようとしたのだ。

戸田は彦四郎が刀を抜いたのを見ると、

ヤアアッ！

いきなり甲走った気合を発して斬り込んできた。

構えも間合の読みもなかった。踏み込みざま刀を振り上げて、真っ向へ振り下ろしたのだ。鋭さも迅さもなかった。追い詰められた者の捨て身の攻撃だった。

すかさず、彦四郎は右手に跳んで刀身を横に払った。一瞬の太刀捌きである。

皮肉を打つにぶい音がし、彦四郎の刀身が戸田の腹に食い込んだ。峰打ちが、腹をとらえたのだ。

グッ、と喉のつまったような呻き声を上げ、戸田は刀を取り落としてその場にうずくまった。

そこへ、永倉と佐太郎が走り寄り、

「動くな！」

　永倉が声をかけ、戸田の両肩を押さえた。

「笹藪の陰に、連れていこう」

　彦四郎と永倉が左右に立って戸田の両腕を取り、肩にかけて笹藪の陰に引き摺り込んだ。佐太郎は戸田が落とした刀を手にして後につづいた。

　笹藪の陰にまわると、彦四郎と永倉は戸田から手を離した。戸田は叢《くさむら》の上にへたり込んだまま苦しげな呻き声を洩らしている。顔がゆがみ、体が顫えている。彦四郎の一撃で肋骨《あばらぼね》でも折れたのかもしれない。

「戸田、道場の門弟やおれたちを探って、松崎たちに知らせていたな」

　彦四郎が声を強くして訊いた。

「……し、知らない」

　戸田が喘ぎながら言った。

「白を切ったって無駄だぜ。おれが、おめえさんのことをずっと見張ってたんだ。道場を出た後、松崎に会って話を伝えているのも目にしているんだ」

　佐太郎が脇から言った。

戸田の顔に狼狽の色が浮いたが、すぐに苦しそうな表情に変わった。

「戸田、松崎たちに会って道場のことを知らせていたのは、どういうわけだ。……金でももらっていたのか」

彦四郎が戸田を見すえて訊いた。

「か、金ではない」

戸田が声を震わせて言った。

「では、なぜだ」

「お、お師匠に、頼まれたのだ」

戸田が肩を落として言った。

「お師匠とは、利根崎のことか」

そのとき、彦四郎の脳裏を利根崎のことがよぎったのだ。

「そ、そうだ」

戸田が喘ぎながら言った。

「戸田、おまえは利根崎道場の門弟だったのか……」

彦四郎が驚いたような顔をした。戸田が松崎たちとつながっているとはみていたが、利根崎道場の門弟とは思ってもみなかったのだ。

戸田が利根崎の指示で、千坂道場に入門してまで道場のことを探っていたことからみても、此度《こたび》の件の黒幕は利根崎とみていいようだ。

永倉と佐太郎も息を呑んで戸田を見つめている。

「…………」

戸田は無言でちいさくうなずいた。

「利根崎の門弟でありながら、なぜおれの道場に入門したのだ」

彦四郎が声をあらためて訊いた。

「お、お師匠に頼まれたのだ。ち、千坂道場に入門して、道場の様子を知らせてくれと」

戸田が声を震わせて言った。

「何のために、利根崎はおれたちの道場を探れと指示したのだ」

「新しく道場を建てるために、千坂道場は、何としてもつぶさねばならぬと言われて……」

「なぜ、おれの道場がそんなに邪魔なのだ」

門弟や道場主を襲ったりしてまで、道場をつぶさねばならないとすれば、何か特別な理由があるはずである。

「近くに、新しい道場を建てると聞いている」

戸田が、小声で言った。

「利根崎は、どこに道場を建てるつもりなのだ」

「小柳町らしい……」

戸田は語尾を濁した。はっきりしないのであろうか。

「小柳町のどこだ」

彦四郎たちも、利根崎が本郷にある道場をとじて、小柳町に道場を建てるつもりらしいことは知っていた。ただ、小柳町のどこかはまだ分かっていない。

「小柳町と聞いただけで、どこかは知らない」

「うむ……」

彦四郎は、虚空に視線を据えて黙考していたが、

「戸田、おまえがおれの道場に門弟としてもぐり込んで、門弟やおれのことを探ったのは、何か特別の理由があってのことだろう。師匠の利根崎に指示されただけで、

そこまでやるはずはない」

と、戸田を見すえて訊いた。戸田にしても、千坂道場を探るのは命懸けだったはずである。

「そ、それは……」

戸田が声をつまらせた。顔が苦悶《くもん》するようにゆがんでいる。

そのとき、永倉が、

「戸田、おまえのために、荒川と米山が斬り殺されたのだぞ。ふたりは、おまえのことを恨んでも恨みきれまい」

と、声を荒らげて言った。

戸田の顔色が変わった。血の気が引き、視線が揺れている。

「戸田、おまえは荒川や米山の殺しに荷担してまで、何を得ようとしたのだ」

さらに、永倉が語気を強くして訊いた。

「お、おれを、土屋さまに売り込み、幕府に仕官できるようにしてくれることになっていたのだ」

戸田が声を震わせて言った。気が昂っているらしく、目が異様なひかりを帯びている。

「幕府に仕官だと！」

彦四郎が思わず声を上げた。そう言えば、聞き込みのおりにそれらしい話を耳にした。利根崎といっしょに土屋家に出稽古に行き、土屋に認められれば、仕官の道もひらける、と話した武士がいたのだ。

戸田が逆上したような顔をし、

「これで、何もかも終わりだ！」

と叫びざま、右手で腰に差していた小刀を抜きはなった。そして、近くに立っていた彦四郎と永倉に斬りつけようとした。

反射的に、彦四郎と永倉が背後に跳んだ。

彦四郎は戸田の切っ先から逃れ、刀に手をかけて抜刀した。

咄嗟に永倉も抜刀すると、戸田にむかって袈裟に斬り下ろした。一瞬、体が反応したらしい。

その切っ先が、戸田の首根をとらえた。次の瞬間、戸田の首筋から血飛沫が凄《すさ》まじい勢いで飛び散った。切っ先が戸田の首の血管《ちくだ》を斬ったらしい。

戸田はその場にへたり込んで血を撒き散らせていたが、血飛沫がしだいに収まり、ゆっくりと横に倒れた。

戸田は膝をまげたまま横臥し、そのまま息絶えた。戸田の周囲の叢が血飛沫で赤く染まっている。

「戸田は家を出て、自力で暮らしたかったのかもしれんな」

彦四郎がつぶやくような声で言った。彦四郎の胸に、いま見てきたばかりの戸田家の荒廃した屋敷が浮かんだのだ。

第五章　隠れ家

1

弥八は椿の樹陰に身を隠していた。そこは、三島町の路地沿いだった。斜向かいに、借家が三棟並んでいた。

弥八が借家を見張り始めて三日目だった。ただ、三日の間、ずっと張り込んでいたわけではない。午前中一刻（二時間）ほど、そして午後は八ツ半（午後三時）ごろから暮れ六ツ（午後六時）の鐘が鳴るまでである。

この三日の張り込みで、弥八は松崎だけでなく、伊七と矢萩の居所もつかんでいた。三棟ある借家に向かって一番右手にある家が松崎の住居で、真ん中の家に矢萩が住んでいた。

伊七はふだん松崎の家に住み込み、下働きのような仕事をしているらしかった。

それに、伊七が道場主の利根崎や食客の笹森との連絡役《つなぎ》をしていることも分かった。

弥八は伊七や松崎の跡を尾け、利根崎の居所をつきとめるために張り込みをつづけていたのだ。利根崎の居所がつかめれば、彦四郎たちに知らせて討ち取ることができる。

……今日は、動かねえかな。

弥八は右手にある家に目をやりながらつぶやいた。

陽は西の家並のむこうに沈みかけていた。あと、半刻（一時間）もすれば、暮れ六ツの鐘が鳴るのではあるまいか。

弥八は、八ツ半ごろからこの場に来ていたが、松崎、伊七、矢萩の動きはなかった。弥八はここに来たとき、まず松崎と矢萩の住む二棟の家の前まで行って、なかにだれかいるのかを確かめていた。その後、松崎たち三人は姿を見せないので、いまも家にいるとみていい。

さらに小半刻（三十分）ほど経ち、弥八がもう一度家の様子を見てこようかと思ったとき、右手の家の表戸があいた。

……出てきたぞ！

戸口から姿を見せたのはふたりだった。松崎と伊七である。

ふたりは路地に出ると、表通りの方へ足をむけた。伊七は、中間か小者のような顔をして松崎の後についていく。

弥八は樹陰から路地に出た。ふたりの跡を尾けて、行き先をつきとめるのである。

弥八は路地沿いの樹陰や通りかかった者の背後に身を隠したりして、松崎たちの跡を尾けた。

松崎たちは表通りに出ると、北に足をむけた。しばらく歩くと、小柳町二丁目に入った。さらに、北に数町歩いたとき、松崎たちは左手におれた。

弥八は走った。松崎たちの姿が見えなくなったからである。

松崎たちがまがった角まで来て、路地の先に目をやると、松崎と伊七が一町ほど先の仕舞屋の前に立っていた。板塀をめぐらせた妾宅《しょうたく》ふうの家である。路地に面したところに丸太を二本立てただけの簡素な吹き抜け門があり、松崎たちはその門の前にいた。路地の左右に目をやり、辺りの様子をうかがっているようだった。

　弥八は路地に入らず、角にあった下駄屋の脇に身を隠したまま松崎と伊七に目をやっていた。

　松崎たちは、吹き抜け門から入った。突き当たりが、家の戸口になっているようだ。

　弥八は松崎たちの姿が見えなくなると、路地に入って仕舞屋に足をむけた。

……でけえ家だ！

　弥八は驚いた。

　仕舞屋に近付いて見ると、敷地のひろい大きな家だった。板塀沿いに松、梅、紅葉などが植えられている。富商の妾宅か隠居所のような家屋である。

　弥八は通行人を装って吹き抜け門の前まで行き、歩きながらなかを覗いてみた。古い家だった。だいぶ傷んでいる。ひろい庭は雑草に覆われ、家の障子は破れ、板壁が剝がれていた。しばらくの間、人が住んでいなかったような感じがする。

　弥八は吹き抜け門の前を通り過ぎた。近所で、仕舞屋のことを探ってみようと思った。笹森や利根崎が住んでいる家とは思えない。

一町ほど歩くと、通り沿いに瀬戸物屋があった。店先の台に茶碗、皿、丼《どんぶり》などが並んでいる。店先であるじらしい男が、はたきをかけて瀬戸物の埃《ほこり》を払っていた。

弥八は男に近付き、

「ちょいとすまねえ」

と、声をかけた。松崎たちが入った仕舞屋のことを訊いてみようと思ったのである。

「なんです」

男は無愛想な顔をした。弥八を客とみなかったからだろう。

「この先に、板塀をめぐらせた大きな家があるな」

弥八が仕舞屋を指差した。

男は無言でうなずいただけで、何も言わなかった。はたきをかける手をとめようともしない。

「いまな、二本差しが入っていくのを見かけたんだ。妙じゃァねえか。どう見ても、二本差しが住んでるような家じゃァねえ」

そう言って、弥八は懐に手をつっ込んで十手を覗かせた。

「お、親分さんでしたか」

男はすぐにはたきをかける手をとめて、弥八に体をむけた。無愛想な表情が消えている。

「おめえ、この店のあるじかい」

「栄蔵《えいぞう》で……」

「栄蔵、あの家には二本差しが住んでるのかい」

弥八が声をあらためて訊いた。

「ちかごろ住むようになったようで」

「何てえ名だい」

弥八は、利根崎ではないかと思った。

「名前は知りませんが、本郷の方で道場をひらいていた方だそうですよ」

「道場をひらいていたのか」

まちがいない、利根崎だ、と弥八は胸の内で声を上げた。やっと、利根崎の隠れ家をつきとめたのだ。

「あの家だが、だれの持ち家だい」

利根崎は、だれかに借りているのだろう、と弥八はみた。

「日本橋本町に店のある、呉服屋の小笠原屋《おがさわらや》さんですよ。先代の富左衛門《とみざえもん》さんが妾をかこっていた家でしてね。……富左衛門さんは五年前に亡くなり、そのままになってたんでさァ」

「小笠原屋な」

弥八は、小笠原屋で話を聞いてみようと思った。

「ところで、この近くに剣術の道場を建てるという噂を耳にしたんだがな。おめえ、聞いてるかい」

「さァ……」

栄蔵は首をひねった。聞いていないらしい。

「邪魔したな」

弥八は瀬戸物屋から離れた。

翌日、弥八は日本橋本町に足を運び、小笠原屋のあるじの仁兵衛《にへえ》から話を聞いた。

その結果、小柳町の家は先代が妾と住んでいた家で、先代が亡くなった後、空き家になっていたそうだ。

「いまは、利根崎という二本差しが住んでるようだな」

弥八が念を押すように訊いた。

「はい、利根崎さまから貸してほしいとのお話があり、あけておくよりいいかと思いまして、お貸ししました」

仁兵衛は隠そうとしなかった。

「近くに、剣術道場を建てるという話はなかったかい」

さらに、弥八が訊いた。

「ございました。利根崎さまは、敷地内に道場を建てたいとおっしゃられたので、どうぞ、ご自由にお使いくださいと申し上げました。……いずれあの家は、処分するつもりでおりましたので、すこしでも高く貸し料がいただければ、こちらとしては、願ってもないことですので」

仁兵衛が笑みを浮かべて言った。

「あれだけの土地があれば、大きな剣術道場が建つな」

そう言い置いて、弥八は腰を上げた。これ以上、仁兵衛から訊くことはなかったのである。

2

午後の稽古が終わると、弥八が道場に顔を出したのだ。彦四郎は残っていた数人の門弟を帰した後、弥八から話を聞いたのである。

千坂道場だった。道場内には、彦四郎、弥八、永倉の三人が集まっていた。

彦四郎は思わず声を上げた。

「利根崎の居所が知れたか！」

「それに、借りている家のそばに道場も建てるようですぜ」

弥八が言い添えた。

「小柳町に道場を建てると聞いていたが、住んでいる家の敷地内だったのか」

家の前を通っても分からなかっただろう、と彦四郎は思った。

「これで、利根崎の居所も分かったわけだが、残るのは笹森だけだな」

永倉が口をはさんだ。

「まだ、笹森の居所は分からねえ。笹森も、利根崎と同じ家にいるとみてたんですがね。いねえようでさァ」

弥八によると、利根崎の居所が知れた後、家をかこっている板塀に身を寄せて、なかの様子をうかがったという。そのとき、利根崎と妻女らしい女の声が聞こえ、その家に住んでいるのは利根崎と妻女らしいことが知れたそうだ。

「どうしやす」

弥八が訊いた。

「利根崎を討つことになるかもしれんが、ともかく利根崎の住む家を見ておきたいな」

彦四郎は、家に踏み込んで討てるかどうか下見をしておきたかったのだ。

「おれもいこう」

すぐに、永倉が言った。

「早い方がいい。これから行こう」

彦四郎と永倉は、網代笠をかぶって顔を隠すことにした。

彦四郎、永倉、弥八の三人は千坂道場を出ると、柳原通りを経て平永町に入った。

平永町をしばらく歩いたところで、

に入った。

「こっちで」

そう言って、弥八が先にたった。

弥八はいっとき平永町の道を西にむかい、小柳町に入ったところで左手の表通りに入った。

表通りをしばらく歩いたところで、弥八は路地に入る角で足をとめた。

「この先にある板塀をめぐらせた家でさァ」

そう言って、弥八が路地の先を指差した。

「大きな家だな」

彦四郎が言った。遠目にも敷地のひろい大きな家であることが分かった。

「近付いてみよう」

彦四郎たちは路地に入った。

吹き抜け門の手前まで来て、彦四郎たちは路傍の椿の樹陰に身を寄せた。迂闊《うかつ》に家を覗き込んで利根崎の目にとまると、逃げられるかもしれない。それに、今日の目的は利根崎を討つための下見である。

「ひろい敷地だ。これなら、大きな道場も建つな」

おそらく、利根崎は道場を建てることを優先させて、この家を借りることにしたのだろう。

「それに、千坂道場と近い。利根崎は多くの門弟を集めるために、道場を建てる前に千坂道場の評判を落とさねばならないと考えたのではないか」

永倉が言った。

「そうだろうな」

「いま、利根崎は家にいるかな。いれば、踏み込んで討ち取ってしまうか。ふたりでかかれば、後れを取るようなことはないはずだ」

永倉が意気込んで言うと、

「あっしが見てきやしょうか」

弥八が腰を上げた。

「待て、そう逸《はや》るな。ここで利根崎を討ち取ったとしても、松崎や矢萩たちに逃げられるぞ」

小柳町と松崎たちの住む借家のある三島町はすぐ近くだった。それに、三島町には連絡役の伊七もいる。松崎たちは、利根崎が討たれたことを今日のうちにも察知するかもしれない。

「そうだな」

永倉がうなずいた。

「それにな、まだ笹森の居所をつかんでいないのだ。できれば、荒川と米山を斬り殺した者たちを残らず討ち取りたいのだ」

彦四郎の胸の内には、荒川と米山の無念を晴らしてやりたいという強い思いがあった。それに、彦四郎は笹森を生かしておきたくなかった。食客として利根崎道場に寝泊まりしていた笹森は、利根崎が討たれれば他の道場にもぐり込んで、また千坂道場に何か仕掛けてくるかもしれない。

「できれば、松崎、矢萩、伊七の三人を先に始末したいのだ」

彦四郎は、連絡役の伊七だけは生きたまま捕らえたいと言い添えた。伊七から、笹森の居所を聞き出したかったのである。

「それで、いつやる」

永倉が訊いた。

「松崎たちを襲うには、ここにいる三人だけでは無理だ。二軒に分かれて住んでいるからな。逃がさぬようにするには、五、六人は必要だな」

彦四郎はここにいる三人の他に、藤兵衛、秋山、佐々木の三人の名を口にし、

「明日、義父上《ちちうえ》に話したとしても、明後日ということになるな」

と、言い添えた。

「佐太郎はどうしやす」

弥八が訊いた。

「佐太郎には、利根崎を見張ってもらうつもりだ」

その日のうちに、利根崎の耳に入るとは思えないが、念のためである。

「明後日だな」

永倉が顔をけわしくしてうなずいた。

彦四郎たちは椿の樹陰から出ると、通行人を装って利根崎の住む家の吹き抜け門の前を通り過ぎながら家の戸口に目をやった。表戸はしまっていた。家からは話し声も物音も聞こえてこなかった。

「利根崎はいるのかな」

歩きながら、彦四郎が弥八に訊いた。

「いるはずでさァ」

弥八によると、家がひろいので通りからは物音が聞こえないときが多いという。

彦四郎たちは路地を引き返さずに別の表通りに出た後、三島町に足をむけた。そして、松崎たちの隠れ家である二棟の借家のそばまで行き、変わった様子がないことを確かめてから千坂道場にもどった。

3

千坂道場に五人の男が集まっていた。彦四郎、永倉、藤兵衛、秋山、佐々木である。

彦四郎たちが、小柳町に出かけて利根崎の住む家を確かめた二日後だった。彦四郎たちは午後の稽古を早目に切り上げ、道場に集まったのだ。これから、松崎と矢萩を討ち、伊七を捕らえるために三島町にむかうのである。

「松崎たちは、借家にいるかな」

藤兵衛が念を押すように訊いた。

「いるはずです。弥八たちが、確かめましたので」

弥八と佐太郎は、三島町の借家に松崎たちがいるかどうか確かめるために朝のうちに出かけていた。いなければ、どちらかが道場に知らせにもどるはずである。

彦四郎たちが三島町に着いた後、佐太郎だけが小柳町にむかい、利根崎の家を見張る手筈《てはず》になっていた。

「そろそろ出かけるか」

藤兵衛が彦四郎に声をかけたとき、師範座所の脇から里美とお花が姿を見せた。家族の住む母屋と道場は、短い廊下でつながっていたのだ。

「お出かけですか」

里美はお花の手をとったまま、彦四郎と藤兵衛に顔をむけて声をかけた。里美の顔はけわしかった。里美は彦四郎と藤兵衛が、これから松崎たちを討ちに行くことを知っていたのだ。

「これから、三島町に出かける」

彦四郎が里美とお花に目をやって言った。

「ご武運をお祈りしています」

里美が言うと、お花が、

「父上、爺々《じじ》さま、いってらっしゃい」

と、いつになく神妙な顔をして言った。

お花も、彦四郎と藤兵衛が闘いのために出かけることを感じとっているのだ。お花は剣術道場に生まれ育ったこともあり、道場の稽古とちがう真剣での斬り合いを何度も目にしていた。自分が闘いに巻き込まれたこともある。そうした経験を通して、子供ながらに真剣勝負の怖さを知っていたのだ。

「花、心配するな。おれも義父上も、無事に帰ってくるからな。母上とふたりで、待っていてくれ」

彦四郎が笑みを浮かべて言うと、

「うん、待ってる」

お花は、安心したように笑顔を見せた。

彦四郎たち五人は、里美とお花に見送られて千坂道場を出た。

曇天だった。まだ、七ツ（午後四時）ごろだったが、辺りは夕暮れ時のように薄暗かった。

「降ってくるかな」

彦四郎が上空に目をやって言った。

「いや、しばらく保つだろう」

藤兵衛が上空の雲が薄いことを口にした。

それでも、彦四郎たちの足は自然と速くなった。柳原通りには出ず、いっとき南にむかって歩いた。そして、表通りに突き当たると西にまがった。その通りは、三島町につづいている。

三島町に入ると、彦四郎と永倉が先にたった。そこは弥八とともに松崎たちの住む借家を見た帰りに通った道筋だったので、彦四郎たちは松崎たちの隠れ家まで先導することができたのだ。

表通りから路地に入ったところで、弥八が待っていた。路地の先に、松崎や矢萩の住む借家がある。

「どうだ、松崎たちはいるか」

すぐに、彦四郎が訊いた。

「いやす」

弥八によると、松崎、矢萩、伊七の三人が、借家にいるのを半刻（一時間）ほど前に確かめたという。

「佐太郎は」

「借家の近くで見張っていやす」

「そうか」

彦四郎は路地の先に目をやった。

路地には、ほとんど人影がなかった。ときおり、仕事帰りの出職の職人や風呂敷包みを背負った行商人などが、通りかかるだけである。

「行くぞ」

彦四郎が声をかけた。

路地の先に、借家が三棟並んでいた。手前の家に松崎と伊七、真ん中の家に矢萩が住んでいるはずである。一番奥の家は、空き家になっているとのことだった。

彦四郎が手前の家の近くまで来ると、路傍の樹陰にいた佐太郎が小走りに近寄ってきた。

彦四郎は、あらためて佐太郎に松崎たちが家にいることを確認した後、

「佐太郎、これから小柳町に行ってくれ」

と、指示した。佐太郎は、小柳町の利根崎の住居を見張ることになっていたのだ。

「承知しやした」

佐太郎は、親分、後は頼みやすぜ、と弥八に言い残し、その場を離れた。

「ここで、二手に分かれよう」

彦四郎がその場に集まっている男たちに言った。

松崎と伊七の住む家に、彦四郎、藤兵衛、秋山の三人、矢萩の家に永倉と佐々木が踏み込む手筈になっていた。また、弥八は二棟の家を見張る役割だった。三人のうちのだれかが逃走したら、跡を尾けて行き先をつきとめるのである。

「踏み込むぞ」

彦四郎が声をかけ、五人の男はその場を離れた。

4

彦四郎、藤兵衛、秋山の三人は、松崎と伊七のいる家の戸口に足音を忍ばせて近付いた。永倉と佐々木は彦四郎たちから分かれ、足早に真ん中の家の戸口に近付いていく。

彦四郎たち三人は、戸口の板戸の前に身を寄せて聞き耳をたてた。なかから、床板を踏むような足音が聞こえ、つづいてくぐもった男の声がした。松崎らしい。小声だったので、武家言葉であることは分かったが、何を言ったか聞き取れなかった。

「あけるぞ」

彦四郎が小声で言い、板戸を引いた。

戸は重い音をひびかせてあいた。家のなかは薄暗かった。敷居の先が狭い土間で、その奥は板間になっていた。板間に人影はない。

彦四郎たちは土間に踏み込んだ。板間の先に障子がたててあった。座敷になっているらしい。

……いる！

障子のむこうに、ひとのいる気配がある。彦四郎は刀の柄に手を添えた。藤兵衛と秋山も柄を握っている。

「だれでえ！」

ふいに、障子のむこうでうわずった声がした。伊七らしい。

「松崎、姿を見せろ！」

彦四郎が声をかけた。

すると、障子のむこうの座敷でひとの立ち上がるような気配がし、カラリと障子があいた。姿を見せたのは、伊七だった。

「千坂道場のやつらだ！」

伊七が叫んだ。

すぐに座敷にいた松崎が立ち上がり、伊七の脇から姿を見せ、土間にいる彦四郎たちに目をむけた。松崎は大刀を引っ提げていた。立ち上がったとき、脇に置いてあった刀を手にしたのだろう。

「三人か！」

松崎の顔がこわばった。

「松崎、おれが相手になる。この場でやるなら、三人でおぬしを取り囲んで斬ることになるぞ」

彦四郎が声高に言った。

ここに来る前、彦四郎は藤兵衛に、松崎と立ち合わせてほしいと話してあった。

道場主として、松崎を何人もで取り囲んで斬るような真似《まね》はしたくなかった。それに、彦四郎には松崎と尋常な勝負をしたい、という思いがあったのだ。

藤兵衛は、「松崎は彦四郎にまかせよう」と言って承知したが、彦四郎が危うくなったら加勢するとも言い添えた。

「うぬ……」

松崎は逡巡《しゅんじゅん》するような顔をし、視線を土間に立っている彦四郎たちにめぐらせた。

「松崎、踏み込むぞ」

彦四郎は刀の柄に右手を添え、板間に踏み込む気配を見せた。

このとき、秋山が板間の端に上がり、そろそろと座敷に近付いていった。伊七を捕らえるために、座敷に踏み込むつもりなのだ。

松崎は秋山が板間に上がったのを目にすると、

「ま、待て！　おぬしと立ち合おう」

そう言って、手にした大刀を腰に帯びた。

すると、脇にいた伊七が、

「あっ、あっしは、どうなるんで」

と、声を震わせて訊いた。

「勝手に逃げろ！」

松崎はそう言い残し、板間に出てきた。

彦四郎は、松崎に体をむけたまま後じさった。このまま、松崎を外へ引き出すつもりなのだ。

藤兵衛は、土間の隅に身を寄せた。松崎と伊七に目を配っている。ふたりの様子を見て、動くつもりらしい。

彦四郎は、敷居をまたいで外に出た。松崎は藤兵衛にも目を配りながら土間に下りると、彦四郎につづいて敷居をまたいだ。

このとき、伊七が座敷から板間に出て、チラッと右手に目をやった。廊下がある。家の裏手につづいているらしい。

伊七の目の動きを見た秋山は、すぐに廊下側にまわった。伊七が廊下へ逃げるのを防ごうとしたのだ。すると、藤兵衛が土間の戸口に立ち、表の出口をふさいだ。

これで、伊七の逃げ道はなくなった。

秋山は抜刀し、刀身を峰に返した。伊七を生け捕りにするために、峰打ちにするつもりなのだ。

伊七は秋山が刀を抜いたのを目にすると、懐に呑んでいた匕首を抜き、

「ちくしょう！　殺してやる」

と叫び、秋山に切っ先をむけた。

伊七は逃げ場を失って捨て身になったらしい。顎の下に構えた匕首が獣の牙《きば》のようにひかっている。伊七は腰をかがめて、そろそろと近付いてきた。目が血走り、獲物に飛びかかる野犬のようだ。

秋山は低い八相に構えた。腰の据わった隙のない構えである。

ふいに、伊七の足がとまった。秋山の構えを見て、このまま踏み込んだら斬られると思ったのかもしれない。

ヤアッ！

突如、秋山が鋭い気合を発し、一歩踏み込んだ。

一瞬、伊七は凍り付いたように身を硬くしたが、次の瞬間、匕首を前に突き出して飛び込んできた。体が勝手に反応したらしい。

すかさず、秋山が八相から袈裟に刀をふるった。

甲高い金属音がひびき、伊七の手にした匕首がたたき落とされた。秋山の一撃が、伊七の匕首をとらえたのだ。

伊七が、板間に落ちた匕首を拾おうとして右腕を前に伸ばした。その一瞬、秋山の刀身が横にはしった。

グッ、と喉のつまったような呻き声が洩れ、伊七の上半身が前にかしいだ。秋山の峰打ちが、伊七の腹を強打したのだ。

伊七は両手で腹を押さえ、その場にうずくまった。

「動くな」

秋山が伊七の首筋に切っ先を突きつけた。

これを見た藤兵衛は、すぐに戸口から外に出た。彦四郎のことが気になっていたのである。

彦四郎と松崎は、家の前の路地で対峙していた。

ふたりの間合はおよそ四間、彦四郎は青眼に構え、松崎は八相に構えていた。ふたりは、まだ一合《いちごう》もしてないようだった。間合を大きくとったまま、お互いが気で攻め合っている。

藤兵衛は彦四郎から五、六間ほど離れ、家の脇に立ってふたりに目をやった。

……互角だ。

と、藤兵衛はみた。

彦四郎も松崎も、まだ敵の手の内を探り合っているところだった。大きな構えである。

松崎は両肘を高くとり、刀身を垂直に立てていた。八相に対応する構えをとっていた。

対する彦四郎は、切っ先を松崎の左拳につけ、八相に対応する構えをとっていた。

ゆったりとした構えで、松崎の構えに押されている様子はなかった。

ぽつ、ぽつ、と雨が降っていた。濡れるような雨ではなかったが、闘っているふたりには、影響があるかもしれない。雨粒が顔に当たって気が乱れ、思わぬ不覚をとることもある。

5

「いくぞ!」

松崎が先《せん》をとった。

雨が気になったのかもしれない。八相に構えたまま、足裏を摺るようにしてジリジリと間合を狭めていく。刀身が薄闇のなかで、青白くひかっている。

対する彦四郎は、動かなかった。気を静めて、松崎との間合と気の動きを読んでいる。

ふたりの間合が狭まるにつれ、松崎の全身に気勢がみなぎり、しだいに斬撃の気が高まってきた。

一方、彦四郎は松崎との間合が狭まるにつれて剣尖をすこしずつ下げて、松崎の目線につけた。松崎の八相からの斬り込みに対応するためである。

松崎が一足一刀の斬撃の間境まで半間ほどに迫ったとき、彦四郎は切っ先を、ピクッ、と動かした。松崎を牽制したのである。

と、松崎が寄り身をとめた。垂直に構えた刀身の切っ先を背後にむけて、わずかに寝かせたのだ。

……この構えから袈裟にくる！

と、彦四郎は察知した。

松崎の全身から痺《しび》れるような剣気がはなたれ、斬撃の気が高まった。いまにも斬り込んできそうである。

彦四郎は気を静め、松崎の斬撃の起こりをとらえようとした。

そのとき、ふいに松崎の気が乱れた。雨粒が顔のどこかに当たったらしい。この一瞬の気の乱れを彦四郎がとらえた。

彦四郎は半歩踏み出しざま、ツッ、と剣尖を前に伸ばした。斬り込むと見せた誘いである。

次の瞬間、松崎の全身に斬撃の気がはしった。

踏み込みざま袈裟へ。

刹那、彦四郎も青眼から袈裟に斬り込んだ。払うような斬撃である。

袈裟と袈裟——。二筋の閃光が合致した瞬間、シャッ、という刀身の擦れるような音がし、松崎の刀身が流れた。

彦四郎は松崎が袈裟に斬り込んでくるとみて、松崎の斬撃を受け流したのだ。

間髪を容《い》れず、彦四郎は二の太刀をふるった。右手に体をひらきながら、刀身を横に払った。一瞬の太刀捌きである。

すかさず、松崎は後ろに跳んだが間に合わなかった。

ザクリ、と松崎の左袖が裂け、あらわになった二の腕に血の線が浮いた。彦四郎の切っ先がとらえたのである。

ふたりは大きく間合をとり、ふたたび八相と青眼に構えあった。松崎の左の二の腕が真っ赤に染まっている。

「うぬ……」

松崎が顔をしかめた。八相に構えた刀身が揺れている。左腕を斬られ、松崎の気が乱れているのだ。

「松崎、勝負あったな」

彦四郎が松崎を見すえて言った。

「まだだ！」

松崎の声には、昂《たかぶ》ったひびきがあった。

松崎は八相から青眼に構えなおした。左袖が裂け、左腕を上げた構えがとりづらくなったらしい。左腕がかすかに震えている。

彦四郎と松崎は相青眼に構えた。

ふたりの間合は、およそ三間半——。

彦四郎は、松崎の構えに斬り込んでくる気配がないのを見てとると、

「まいる!」

と声をかけ、爪先で地面を擦るようにして間合を狭め始めた。

松崎は切っ先を彦四郎の目線にむけていたが、剣尖が小刻みに震えていた。左腕の震えがとまらないようだ。

ふたりの間合が狭まるにつれ、彦四郎の全身に斬撃の気配が高まってきた。

松崎がわずかに後じさった。彦四郎の剣尖の威圧に押されているのだ。

松崎が引いたのを見た彦四郎は、寄り身を速くした。青眼に構えた切っ先が、槍《やり》穂《ほ》のように松崎に迫っていく。

松崎の顔が、ひき攣ったようにゆがんだ。追いつめられ、腰が浮いている。

ふたりの剣尖が接近し、一足一刀の間境に迫ったとき、ふいに、松崎の全身に斬撃の気がはしった。追い詰められ、捨て身の攻撃にでたのだ。

イヤアッ!

甲走った気合を発し、松崎が斬り込んできた。

青眼から真っ向へ――。

たたきつけるような斬撃だった。

咄嗟に、彦四郎は右手に跳んで松崎の切っ先をかわした。次の瞬間、彦四郎は体をひねりざま袈裟に斬り下ろした。

一瞬の攻防である。

彦四郎の切っ先が、松崎の首をとらえた。

サバッ、と肉を斬る音がし、松崎の首が後ろにかしいだ。次の瞬間、松崎の首から血飛沫が音をたてて飛び散った。

松崎は首から血を撒きながらよろめき、爪先を何かに引っ掛けてつんのめるように倒れた。

地面に伏臥した松崎は、両手を地面に突いて身を起こそうとしたが、首を擡《もた》げることもできなかった。

すぐに、松崎は動かなくなった。首から流れ出た血が、赤い布をひろげるように地面を染めていく。

彦四郎は血刀を引っ提げたまま松崎のそばに立つと、ひとつ大きく息を吐いた。

体中を駆け巡っていた血の滾《たぎ》りが、すこしずつ収まってくる。

そこへ、藤兵衛が走り寄り、

「彦四郎、見事だ」

と、声をかけた。

藤兵衛の顔に、安堵《あんど》の色があった。彦四郎の闘いの様子をみて、加勢するつもりだったようだ。

「運が味方してくれたので、勝てたのかもしれません」

彦四郎は、雨が松崎の気を乱したことを言い添えた。

「雨風《あめかぜ》に気を乱されないのも、剣の腕のうちだ」

藤兵衛がつぶやくような声で言った。

6

「永倉たちの様子を見てきます」

彦四郎は永倉たちのことが気になり、隣の家へ足をむけた。

「わしは、秋山のところへ行く」

そう言って、藤兵衛は松崎の住んでいた家にもどった。家に残してきた秋山のことが気になっていたらしい。

隣の借家の戸口近くに、永倉と佐々木が立っていた。ふたりとも、抜き身を引っ提げている。

ふたりの足元に、横たわっている人影が見えた。矢萩であろう。

彦四郎が永倉のそばに走り寄ると、

「矢萩は討ち取ったぞ」

永倉が声高に言った。

永倉の厳つい顔が、返り血を浴びて赭黒く染まっていた。脇に立っている佐々木の小袖の胸の辺りにも血の色があった。佐々木も闘いにくわわったようだ。

彦四郎は、横たわっている矢萩に目をやった。矢萩は仰向けに倒れていた。目を瞠《みひら》き、口をあんぐりあけたまま死んでいた。肩から胸にかけて小袖が裂け、上半身が血に染まっている。右袖が裂け、あらわになった二の腕にも傷があった。矢萩は右腕を斬られた後、袈裟への斬撃を浴びたらしい。

「松崎はどうした」

永倉が彦四郎に訊いた。

「斬った……」

そう言って、彦四郎は松崎が倒れている方に目をやった。

「伊七は？」

さらに、永倉が訊いた。

「秋山が捕らえたはずだが……。行ってみよう」

彦四郎は踵《きびす》を返した。

永倉と佐々木は抜き身を引っ提げたまま彦四郎の後についてきた。

借家の戸口から入ると、土間の先の板間に、藤兵衛と秋山が立っていた。ふたりの前に、伊七がへたり込んでいた。三尺帯で後ろ手に縛られていた。三尺帯は座敷にあった物を使ったらしい。

「矢萩はどうした」

藤兵衛が永倉の顔を見ると、すぐに訊いた。藤兵衛は永倉たちのことも気になっていたのだろう。

「討ち取りました」

　永倉が声高に言った。

「そうか。ここまでは、手筈どおりだな」

　藤兵衛は、次はこの男の番だ、と言って、伊七に目をやった。

　彦四郎たち五人が伊七を取り囲み、

「伊七、聞いたとおりだ。松崎と矢萩は、おれたちが討ち取った。おまえも、この場で斬られても文句はないな」

　彦四郎が、伊七を見すえて言った。

「……………！」

　伊七の顔が恐怖にゆがんだ。

「この場で、首を落としてもいいが、おまえしだいだ」

　彦四郎がおだやかな声で言うと、伊七が顔を上げ、彦四郎に縋《すが》るような目をむけた。

「松崎たちとちがって、おまえは武士ではない。道場間の争いにくわわったというより、利根崎や松崎の指図にしたがっただけだろう」

「だ、旦那のおっしゃるとおりで。あっしは、松崎の旦那たちに言われて、仕方なく動いたんでさァ」

伊七が声をつまらせて言った。

「では、隠し立てする気はないな」

彦四郎が念を押すように言った。

「へえ……」

伊七が首をすくめた。

「千坂道場の若い門弟を襲ったのは、利根崎の指図か」

彦四郎が訊くと、伊七は戸惑うような顔をしたが、

「そうでさァ」

と、小声で答えた。彦四郎の誘導に乗せられ、隠す気がなくなったようだ。

そのとき、戸口の板戸があいて弥八が入ってきた。彦四郎や永倉たちが松崎と矢萩を討ち取ったことを知って、様子を見に来たらしい。

弥八は彦四郎や藤兵衛に頭を下げると、秋山の後ろにまわった。

「ところで、笹森だが、住み家はどこだ」

彦四郎が、声をあらためて訊いた。伊七を生け捕りにした狙いは、まだつかんで

いない笹森の隠れ家を聞き出すことにあったのだ。

伊七はすぐに答えず、彦四郎の視線から逃れるように顔を伏せたが、

「小柳町で……」

と、小声で言った。

「小柳町のどこだ」

彦四郎が語気を強くして訊いた。

「利根崎の旦那のところで」

「利根崎が、いま住んでいる家か」

「そうでさァ」

伊七が答えると、

「あの家に住んでいるのは、利根崎と女房のふたりだけのはずだぞ」

弥八が身を乗り出して言った。

「たしかに、家に住んでるのは利根崎の旦那とおかねさんだけでさァ。笹森の旦那は、裏手の小屋に住んでいやす」

利根崎の妻はおかねというらしい。

伊七によると、利根崎の住む家の裏手には、小笠原屋の先代が妾をかこっていたころ、下働きの男が住んでいた小屋があり、笹森はそこに寝泊まりしているという。小屋といっても、長屋の家と同じように流し場や座敷があるそうだ。それに、食事の支度はおかねがしてくれるので、笹森にすれば小屋で十分なのだという。

「それらしい小屋はなかったぞ」

さらに、弥八が言った。

「外からだと、納屋に見えるんでさァ」

「そういえば、納屋らしい小屋があったな」

弥八が、ちいさくうなずいた。

「どうやら、笹森はいまも食客として利根崎のそばで暮らしているようだ」

藤兵衛が、口をはさんだ。

7

伊七の訊問が済むと、

「この男は、どうするな」

藤兵衛が彦四郎たちに目をやって訊いた。

「この場で、斬り捨てますか」

彦四郎が刀の柄に手をかけた。

「た、助けてくれ！……な、何でも話す」

伊七が声を震わせて言った。

「斬るのもかわいそうだ。生かしておくか。まだ、何か聞き出すことがあるかもしれない」

彦四郎は柄から手を離した。初めから、斬る気はなかったのである。

「伊七をここに残したままだと、利根崎のところに飛び込むのではないか」

永倉が言った。

「あっしが様子を見て、坂口の旦那に引き渡しましょうか」

弥八が口をはさんだ。

「だが、伊七は武家の利根崎や松崎の指図にしたがっていたのだ。町方としては、捕らえづらいのではないか」

武士は町奉行の支配外だった。しかも、剣術の道場間の争いである。彦四郎たちが松崎や矢萩を斬った名目も、剣の立ち合いである。

「伊七は、博奕に手を出したことがあるようでさァ。……坂口の旦那なら、千坂道場にはかかわりなくうまくやってくれますよ」

弥八が話すと、

「わしからも、坂口に頼んでおこう」

藤兵衛が脇から言い添えた。

すでに、家のなかは深い夕闇につつまれていたので、今日のところは伊七を千坂道場に連れていくことにした。

彦四郎たちは松崎が住んでいた借家から出ると、伊七を連れて千坂道場にむかった。弥八だけが小柳町にまわり、利根崎の住み家を見張っている佐太郎を千坂道場に連れてくることになった。利根崎と笹森をいつ討つか、相談するのである。

千坂道場に、彦四郎、藤兵衛、永倉、秋山、佐々木、それに弥八と佐太郎の七人が顔をそろえたのは、夜がだいぶ更けてからだった。

道場に置かれた燭台の火に浮かび上がった男たちの顔には、さすがに疲労の色が濃かった。

「疲れたろうが、日を置かずに利根崎と笹森を始末したいのでな」

藤兵衛が男たちに声をかけ、

「彦四郎が、話を進めてくれ」

と、言い添えた。

「佐太郎、利根崎に変わった動きはないな」

彦四郎が念を押すように訊いた。

すでに彦四郎は佐太郎から聞いていたが、秋山や佐々木にも知らせるためにあらためて訊いたのである。

「へい、あっしが見張っている間、利根崎は家にいやした」

佐太郎が集まっている男たちに目をやりながら言った。

「今夜はともかく、おれたちが松崎たちを討ったことは、すぐに利根崎たちに知れる。おそらく、利根崎と笹森は次は自分たちが襲われるとみて、小柳町の家から姿を消すはずだ」

彦四郎が言った。

「すぐに、手を打たねばならんな」

永倉が顔をけわしくした。

「ここで、利根崎と笹森に逃げられると、討つのはむずかしくなる。荒川や米山の無念を晴らしてやるためにも、何としてもふたりを討ち取りたい」

彦四郎が言うと、その場に集まった男たちは無言でうなずいた。荒川たちの敵を討つだけでなく、千坂道場の門弟がいつ利根崎たちに襲われるか分からない。そのことは、永倉たちも分かっていたのである。

次に口をひらく者がなく、道場内が静寂につつまれたとき、

「明日、利根崎と笹森を討とう」

永倉が強いひびきのある声で言った。

「秋山、佐々木、手を貸してくれるか」

彦四郎がふたりに訊いた。

相手は利根崎と笹森だった。ふたりとも、遣い手である。まちがいなく討ち取るためには、秋山と佐々木の手も必要だった。

「それがしも、そのつもりでいました」

秋山が言うと、佐々木もうなずいた。

「母屋にいる利根崎と裏手の小屋にいる笹森を同時に襲おう」

彦四郎が言うと、それまで黙って話を聞いていた藤兵衛が、

「利根崎は、わしにやらせてくれんか」

と、小声で言った。

「義父上《ちちうえ》が」

思わず、彦四郎が藤兵衛に顔をむけて訊いた。

「そうだ。この歳になると、身につけた一刀流を試してみる機会もない。利根崎の遣う神道無念流と立ち合ってみたいのだ」

藤兵衛は口許に笑みを浮かべて言ったが、目は笑っていなかった。燭台の火を映じた双眸が、熾火《おきび》のようにひかっている。剣客らしい凄みのある顔である。

「ならば、それがしが検分役をいたします」

彦四郎は、藤兵衛があやういとみたら加勢するつもりだった。藤兵衛が利根崎と切っ先を合わせれば、どちらに分《ぶ》があるか知れるはずだ。

「勝手にしろ」

藤兵衛は笑みを浮かべたまま言った。

「それで、明日のいつごろ仕掛ける」

永倉が訊いた。

「昼過ぎがいいな」

彦四郎が男たちに目をやりながら言った。

利根崎の住む家の吹き抜け門から踏み込めば、敷地内で闘うことができる。近所の住人や通行人の目を気にせずに闘えるので午前中でもかまわないが、今日はゆっくり休み、明日腹ごしらえをしてから小柳町にむかいたかった。

「よし、明日だ」

永倉が声を大きくして言った。

第六章　ふたりの剣客

1

「そろそろだな」

藤兵衛が彦四郎に声をかけた。

千坂道場だった。彦四郎と藤兵衛の他に永倉と佐太郎の姿があった。昨日、永倉は家に帰らず、道場に泊まったのだ。

佐太郎は朝のうちに弥八とふたりで小柳町に出かけ、利根崎と笹森が、それぞれの住まいにいるかどうか確かめた。そして、千坂道場にもどったところだった。

佐太郎によると、利根崎と笹森は住まいにいるという。弥八はいまも小柳町に残って見張っているはずだ。

八ツ半（午後三時）ごろだった。彦四郎たちは里美が用意してくれたにぎり飯で腹ごしらえをして、これから小柳町にむかおうとしていた。

「出かけますか」

彦四郎たち四人は道場から出た。

道場の表の道を北にむかい、柳原通りに出た。今日は柳原通りを西にむかって小柳町に行くつもりだった。途中、和泉橋のたもとで、秋山と佐々木が待っていることになっていたのだ。

柳原通りは賑わっていた。昨日の曇天が嘘のように、澄んだ秋空がひろがっている。その陽射しのなかを様々な身分の者たちが行き交っていた。通り沿いに並んでいる古着を売る床店にも客がたかっていた。

和泉橋のたもと近くまで来たとき、

「秋山さまと佐々木さまがいやす」

佐太郎が声を上げた。

橋のたもと近くの柳の樹陰に、秋山と佐々木が立っていた。彦四郎たちが来るのを待っていたようだ。

秋山たちは彦四郎たちの姿を目にすると、すぐに近寄ってきた。

「待たせたかな」

藤兵衛が先に声をかけた。

「いえ、われわれも来たばかりです」

秋山が言うと、佐々木がうなずいた。ふたりの顔には、緊張の色があった。これから討ちに行く利根崎と笹倉は遣い手だった。討っ手の人数は多いが、油断はできない。

「いい陽気だな」

藤兵衛は、上空に目をやって言った。佐々木たちの緊張を解こうとしたようだ。

「今日は、雨の心配はなさそうです」

秋山と佐々木が、藤兵衛につられたように上空に目をやった。ふたりの顔がいくぶんなごんでいる。

彦四郎たち六人は、柳原通りを西にむかっていっとき歩いてから左手の道に入った。その道は平永町を経て小柳町へとつづいている。

彦四郎たちは小柳町に入ったところで左手の通りに入り、利根崎の住む家のある路地の角まで来て足をとめた。そこから、利根崎の家の前の吹き抜け門と板塀が見えた。特に変わった様子はないようだ。

「あっしが、親分を呼んできやす」

そう言い残し、佐太郎が路地に踏み込んだ。

彦四郎たちが、いっとき待つと、佐太郎が弥八を連れてもどってきた。

「どうだ、変わりないか」

彦四郎が弥八に訊いた。

「へい、利根崎と笹森は家にいやす」

弥八によると、半刻（一時間）ほど前に、板塀のまわりをめぐって利根崎の家と裏手にある小屋の近くまで行き、利根崎と笹森がいることを確かめたという。

「表の門から入って、裏手にもまわれるのか」

藤兵衛が訊いた。

「へい、表の門からでも、裏手からでも入れやす」

板塀は裏手までまわしてあるが、裏手に切《き》り戸《ど》があり、そこから敷地内に入ることもできるそうだ。

「ならば、二手に分かれて踏み込もう」

彦四郎が、六人に視線をまわして言った。そうすれば、間をおかずに利根崎と笹森を襲うことができるとみたのである。

「それがいいな」

藤兵衛も同意した。

「いくぞ」

彦四郎が声をかけた。

彦四郎たち七人は路地に入ると、足早に板塀をめぐらせた家にむかった。

板塀の手前まで来ると、彦四郎たちは二手に分かれた。彦四郎、藤兵衛、佐太郎の三人が正面の吹き抜け門から入り、永倉、秋山、佐々木、弥八の四人が裏手にまわるのだ。

「こっちで」

そう言って、弥八が先にたった。永倉たち三人が後につづき、板塀沿いを裏手にむかった。

「わしらも行くぞ」

藤兵衛、彦四郎、佐太郎の三人は、吹き抜け門からなかに入った。

藤兵衛は門を入るとすぐ、家のまわりに目をやり、

「立ち合いの場はあるな」

と、つぶやいた。戸口のまわりも左手の庭もひろく、立ち合いをするのに十分なひろさがあった。

彦四郎たちは戸口に近付いた。表の引き戸はしまっていた。ひっそりとして、物音や話し声は聞こえなかった。

彦四郎たちは表戸に身を寄せた。聞き耳をたてると、障子をあけしめするような音がした。だれかいるらしい。

「あけます」

彦四郎が声を殺して言い、戸を引いた。

戸はすぐにあいた。土間があり、その先が板間になっていた。板間の奥に障子がたててあった。

障子のむこうで、かすかに衣擦《きぬず》れの音がし、

「だれか、来たようですよ」

と、女の声が聞こえた。利根崎の妻のおかねではあるまいか。

藤兵衛と彦四郎が土間に踏み込んだ。佐太郎は戸口の脇に立っている。

「利根崎どのは、おられるか」

藤兵衛が声をかけた。

2

障子のむこうでひとの立ち上がる気配がし、障子があいた。

顔を出したのは、三十がらみと思われる痩せた女だった。武家の妻らしい丸髷で、眉も剃っている。利根崎の妻のおかねであろう。

女は板間に出て膝を折ると、土間に立っている彦四郎と藤兵衛に目をやり、

「どなたさまでしょうか」

と、訊いた。顔に不安そうな色がある。

「それがし、千坂藤兵衛と申す。利根崎宗三郎どのはおられようか」

藤兵衛が、障子のむこうの座敷にも聞こえる声で言った。

すると、障子の向こうでひとの立ち上がる気配がし、壮年の武士が姿を見せた。

中肉中背で、肩幅がひろかった。鼻梁が高く、細い目をしている。その顔が、すこしこわばっていた。

武士は左手に大刀を引っ提げていた。座敷に置いてあったのを手にして、出てきたようだ。

……利根崎だ！

彦四郎はすぐに分かった。本郷に出かけたとき、利根崎の顔付きを聞いていたのだ。

「おぬしが、千坂藤兵衛どのか」

利根崎が藤兵衛を見すえて訊いた。どうやら、藤兵衛のことを知っているようだ。

「いかにも、千坂藤兵衛でござる」

藤兵衛が抑揚のない静かな声で名乗った。

「もうひとりの御仁が、千坂彦四郎どのかな」

利根崎が彦四郎に目をむけて訊いた。

「千坂彦四郎です」

「して、ご用件は」

利根崎の細い目に、刺すようなひかりが宿っている。

「一手、お手合わせ願いたい」

藤兵衛が言った。

「お手合わせだと。ふたりがかりでか」

利根崎の声に、昂ったひびきがくわわった。

「いや、お相手願うのは、わしだけだ。同行した彦四郎は、検分役でござる」

「断ったら」

「このまま踏み込んで、斬ることになるな。……すでに、松崎紀之助どのと矢萩邦次郎どのにも、道場の者がお手合わせを願ってな。ふたりは、討たせてもらった」

「なに！」

利根崎が驚愕に目を剝《む》いた。

「おぬしと笹森を討たねば、荒川と米山の無念を晴らしてやることができんからな」

藤兵衛が利根崎を見すえて言った。

「お、おのれ！」

利根崎の顔が憤怒で赭黒く染まった。

すると、板間に座していた女が、

「お、おまえさま、このひとたちは……」

と、声を震わせて訊いた。

「おかね、座敷に下がっていろ！」

利根崎が声高に言った。やはり、おかねである。

おかねはひき攣ったように顔をゆがめ、板間を這《は》って座敷に逃れた。

「利根崎どの、表に出てもらおうか」

藤兵衛が言った。

「うぬ……」

利根崎はすぐに動かなかった。土間に立っている藤兵衛と彦四郎を睨むように見すえて立っている。

「立ち合う気がないのなら、このままわしと彦四郎が踏み込んで、おぬしを討つことになるが」

藤兵衛の声は静かだったが、有無を言わせぬ重いひびきがあった。

「よかろう。表に出よう」

利根崎は、手にした大刀を腰に帯びた。


藤兵衛と利根崎は、戸口から庭にまわった。

「ここらでいいかな」

藤兵衛はすぐに足場を確かめた。

しばらく庭の手入れがされてないとみえ、雑草に覆われていたが、丈のない草ばかりだったので足場は悪くなかった。

利根崎も足場を確かめ、すばやく袴の股だちをとった。

彦四郎は、藤兵衛たちから五間ほど離れた庭の隅に立っていた。藤兵衛の闘いぶりによって加勢するつもりである。

藤兵衛と利根崎は、およそ四間半の間合をとって対峙した。ふたりとも、まだ刀を手にしていなかった。

「この立ち合いは、うぬらに斬られた門弟たちの敵を討つためでもある」

藤兵衛が低い声で言った。

「おれたちは、剣の修行のために立ち合いを挑んだだけだ」

利根崎が嘯くように言った。

「ならば、わしも剣の修行のためにおぬしと立ち合おう」

「うむ……」

利根崎が刀の柄に右手を添えた。

「一刀流、千坂藤兵衛、まいる！」

言いざま、藤兵衛が先に抜き放った。

「神道無念流、利根崎宗三郎！」

すかさず、利根崎も抜刀した。

利根崎はゆっくりとした動きで、八相に構えた。左足を前にとり、柄を握った両拳が右脇にきていた。刀の鍔が右頰のあたりにあり、刀身をほぼ垂直に立てている。

低い八相である。

……遣い手だ！

藤兵衛は察知した。

利根崎の構えには隙がなく、腰が据わっているだけではなかった。八相は木の構えとも呼ばれているが、まさに大樹のようにゆったりとして、力みや気の昂りが感じられなかった。

対する藤兵衛は、青眼に構えた。剣尖を利根崎の目線につけている。どっしりと腰の据わった構えである。

利根崎の顔に、一瞬驚いたような表情がよぎった。藤兵衛の構えを見て、尋常な遣い手ではないと察知したからであろう。

八相と青眼――。

ふたりはおよそ四間の間合をとったまま動かなかった。お互いが全身に気勢を込め、気魄で攻めていた。八相と青眼に構えたふたりの刀身が、秋の陽射しを反射《はね》て銀色《しろがねいろ》にひかっている。

彦四郎は息を呑んで対峙しているふたりを見つめていた。構えを見ても、どちらが優勢か見分けられなかった。ふたりの力が拮抗《きっこう》していたこともあるが、彦四郎はふたりの全身からはなたれる剣気に、圧倒されていたのだ。

3

チリッ、と利根崎の足元で音がした。踏み出そうとした左の爪先が、庭の小石を踏んだのである。

この音で、藤兵衛と利根崎をつつんでいた剣の磁場が劈《つんざ》けた。対峙していたふたりに斬撃の気配がはしった。

「いくぞ！」

利根崎が先《せん》をとった。

趾《あしゆび》を這うように動かし、ジリジリと間合をつめ始めた。

対する藤兵衛も動いた。爪先から前に出し、すこしずつ間合をつめた。ふたりの間合が、相手を引き合うように狭まっていく。

ふたりの構えも呼吸も、まったく乱れなかった。間合が狭まるにつれ、ふたりの全身に気勢がみなぎり、剣気が高まってきた。

ふいに、利根崎の寄り身がとまった。ほぼ同時に、藤兵衛も動きをとめた。一足一刀の斬撃の間境の一歩手前である。

ふたりとも斬撃の間境を越える前に敵の気を乱し、構えをくずそうとしたのだ。ふたりは全身から痺れるような剣気をはなち、気魄で敵を攻め合った。気の攻防である。

ふいに、利根崎が、つッ、と左足を前に出し、柄を握った拳をわずかに動かした。打ち込むとみせた牽制である。

この一瞬の動きを藤兵衛がとらえた。

タアッ！

鋭い気合を発し、一歩踏み込んだ。

次の瞬間、ほぼ同時にふたりの全身に斬撃の気がはしった。ふたりから裂帛の気合がひびき、体が躍った。

藤兵衛が青眼から袈裟へ。

利根崎も八相から袈裟へ。

袈裟と袈裟――。

二筋の閃光が稲妻のようにはしった。

二筋の閃光が合致した瞬間、ガキッ、という刃の嚙み合ったような金属音がひびき、青火が散った。次の瞬間、藤兵衛と利根崎は弾かれたように右手に跳びざま、二の太刀を横に払った。一瞬の太刀捌きである。

ザクリ、と藤兵衛の左袖が裂けた。同じように、利根崎の左袖も大きく裂けた。ふたりの切っ先が、それぞれ相手の左腕をとらえたのだ。

ふたりはさらに右手に跳び、大きく間合をとってから相手に体をむけた。そして、青眼と八相に構えあった。

藤兵衛と利根崎の左腕に血の色が浮いた。

「互角か」

利根崎が低い声で言った。藤兵衛を見つめた双眸が、炯々《けいけい》とひかっている。一合し、血を見たことで気が昂《たかぶ》っているようだ。

「そうかな」

藤兵衛は互角とはみなかった。ふたりは同じように左腕を斬られていたが、利根崎の裂けた袖は垂れ下がっていた。

一方、藤兵衛の袖は五寸ほど裂けているだけだった。腕の傷はともかく、垂れ下がった袖は、八相からくりだす斬撃のさまたげになるはずだ。

藤兵衛と利根崎は、青眼と八相に構えて対峙していたが、

「まいる！」

藤兵衛が先に声をかけ、間合をつめ始めた。

すぐに、利根崎も動いた。さきほどより、利根崎の寄り身は速かった。摺り足で藤兵衛に迫ってくる。

ふたりの足元で、ザッ、ザッと小砂利を踏む音がひびいた。その音がふたりをつつんだ静寂を破り、闘気を煽《あお》った。一気に、ふたりの身辺に斬撃の気が高まってきた。

ふいに、ふたりの寄り身がとまった。一足一刀の斬撃の間境の一歩手前である。

ふたりの全身に、いまにも斬り込んでいきそうな気配が見えた。

そのとき、利根崎の左腕がわずかに動いた。垂れ下がった袖が気になり、腕が無意識に動いたらしい。

この一瞬の隙を、藤兵衛がとらえた。

イヤアッ！

裂帛の気合とともに、藤兵衛の体が躍った。

青眼から真っ向へ。一瞬の鋭い斬撃だった。

咄嗟に、利根崎が八相から刀身を袈裟に払った。だが、体勢がくずれ、斬撃に力がなかった。

シャッ、と刀身の擦れるような音がし、ふたりの刀身が交差した。刹那、藤兵衛の切っ先が利根崎の左肩をとらえた。

一方、利根崎の刀身は流れて空を切った。藤兵衛の真っ向への強い斬撃に、利根崎の刀身が弾かれたのである。

利根崎の小袖が裂け、あらわになった肩に血の線が浮いた。利根崎は後じさり、藤兵衛との間合をとった。利根崎の左肩から噴出した血が、小袖を蘇芳《すおう》色に染めていく。

利根崎は八相に構えようとした。だが、左腕が上がらず、構えにならなかった。

利根崎は、下段に構えなおした。刀身をだらりと垂らしただけだが、刀身が揺れている。

「利根崎、勝負あったな」

藤兵衛が声をかけた。

「まだだ！」

利根崎は憤怒に顔をしかめ、下段に構えたまま間合をつめてきた。

藤兵衛はすかさず青眼に構えをとった。利根崎が、捨て身になって斬り込んでくるとみたのである。

利根崎は斬撃の間境に迫るや否や仕掛けてきた。

オオリャッ！

甲走った気合を発し、斬り込んできた。

振りかぶりざま真っ向へ――。

捨て身の攻撃だが、迅さも鋭さもなかった。左腕が自在に動かず、右手だけの斬撃だった。

藤兵衛は右手に跳んで利根崎の斬撃をかわすと、体をひねりざま刀身を横に払った。その切っ先が、利根崎の首をとらえた。

ビュッ、と血が赤い筋になって飛んだ。首の血管《ちくだ》を斬ったのである。利根崎は血を撒きながらよろめき、雑草に足をとられ、つんのめるように倒れた。

叢に伏臥した利根崎は、手足をもがくように動かしていたが、いっときすると動かなくなった。呻き声も息の音も聞こえない。絶命したようである。血が叢のなかに流れ落ち、カサカサと音をたてた。

藤兵衛は利根崎の脇に立ち、

……荒川、米山。利根崎を討ったぞ。

と、胸の内でつぶやいた。藤兵衛も、彦四郎と同じように千坂道場の門弟を身内のように思っていたのだ。

そこへ、彦四郎が走り寄り、

「義父上、腕の傷は」

と昂った声で訊いた。

「かすり傷だ」

藤兵衛の左腕には血の色があったが、浅手だった。

「わしのことより、永倉たちだ。笹森も遣い手とみていいぞ」

藤兵衛が言った。

「行ってみましょう」

彦四郎と藤兵衛が裏手にまわろうとしたとき、佐太郎が走り寄り、

「裏には、こっちからまわれやす」

と言って、先に立った。


裏手の小屋の前では、まだ闘いがつづいていた。

永倉が笹森と対峙していた。秋山が笹森の左手、佐々木が右手にまわり込んでいた。ふたりで笹森の左右をふさいでいたが、ふたりとも笹森との間合をひろくとっていた。永倉の闘いの様子をみて、斬り込むつもりらしい。

すでに、永倉と笹森は何度か斬り合ったらしく、笹森の右袖が裂けて血に染まっていた。永倉の肩先も裂けていたが、こちらは血の色がなかった。

永倉と笹森の間合はおよそ三間半。永倉は青眼、笹森は上段にとっていた。ふたりとも斬撃の気配を見せていた。いまにも、斬り込んでいきそうである。

そこへ、彦四郎と藤兵衛が駆け寄った。

ふたりの足音を耳にしたらしく、永倉と笹森の視線が彦四郎たちに流れた。この一瞬の目の動きで、ふたりの気が逸《そ》れた。

次の瞬間、ふたりの全身に斬撃の気がはしった。

トオオッ！

タアッ！

ふたりの気合がほぼ同時にひびき、体が躍った。

永倉が青眼から真っ向へ斬り込み、笹森が上段から袈裟に斬り下ろした。

ふたりの切っ先が、交差して空を切った。やや間合が遠く、切っ先がとどかなかったのだ。次の瞬間、永倉と笹森はそれぞれ右手に跳んだ。敵の二の太刀を恐れたのである。

そのとき、笹森の右手にまわり込んでいた佐々木が斬り込んだ。咄嗟に、体が反応したらしい。

ヤアッ！

佐々木が鋭い気合を発し、刀身を袈裟に払った。

佐々木の切っ先は空を切ったが、笹森は斬撃をかわそうとして咄嗟に体をひねったために体勢が大きくくずれた。

この隙を、永倉がとらえた。

鋭い気合とともに、踏み込みざま真っ向へ斬り込んだ。

切っ先が笹森の額をとらえ、にぶい骨音がして額から鼻筋にかけて血の線がはしった。次の瞬間、笹森の額が柘榴《ざくろ》のように割れ、血が飛び散った。

笹森の大柄な体が揺れ、腰からくずれおれるように転倒した。地面に仰向けに倒れた笹森は、両眼をカッと瞠《みひら》いたまま絶命した。血塗《ちまみ》れになった顔から、両眼が白く浮き上がったように見えた。刹鬼《せっき》を思わせるような凄まじい形相である。

永倉は顔の返り血を手の甲で拭いながら、ハァ、ハァと荒い息を吐いた。顔が赭黒く染まり、両眼を瞠いている。

そこへ、秋山、佐々木、彦四郎、藤兵衛の四人が走り寄った。

「永倉、見事だ」

藤兵衛が声をかけた。

「利根崎は、どうしました」

永倉が訊いた。

「義父上が討ち取ったよ」

彦四郎が言った。顔に安堵の色があった。

「長居は無用。引き上げよう」

藤兵衛がその場に集まった男たちに目をやって言った。

4

千坂道場内に、門弟たちの気合がひびいていた。川田や佐原たち若い門弟が二十五、六人もいた。坂口綾之助の姿もあった。若い門弟たちが型稽古の後、木刀の素振りをしていたのだ。

「彦四郎、若い門弟が多くなったな」

藤兵衛が目を細めて声をかけた。

彦四郎と藤兵衛は、午後の稽古が終わった後、師範座所から門弟たちの残り稽古を見ていたのだ。

「はい、このところ午後の稽古にも多くの者が姿を見せるようになりました。それに、昨日、あらたにふたり入門したのです」

彦四郎が道場の隅を指差し、

「いま、里美が木刀の素振りを教えています」

と、言い添えた。

道場の隅で、まだ、十二、三歳と思われる若い門弟がふたり懸命に木刀を振っていた。まだ、へっぴり腰で、手だけで振っている。そのふたりの脇で、お花も短い木刀を振っていた。お花の方が腰が据わり、太刀筋も真っ直ぐだった。

「荒川と米山を襲った者たちが討たれたことを知って、門弟たちも安心したのだろう」

藤兵衛が声をひそめて言った。

彦四郎や藤兵衛たちが、利根崎と笹森を討ち取ってから半月ほど過ぎていた。この間、彦四郎と藤兵衛は門弟たちに何も話さなかったが、門弟たちの多くが荒川と米山を襲った者たちが討たれた噂を耳にしたようだ。

永倉、秋山、佐々木、それに道場に姿を見せた佐太郎が、それとなく門弟たちに話してひろまったのかもしれない。

「いずれにしろ、稽古は賑やかな方がいいな」

藤兵衛が目を細めて言った。

「ところで、義父上、伊七はどうしました」

利根崎と笹森を討ち取った翌日、藤兵衛、弥八、佐太郎の三人で、母屋の納戸に監禁していた伊七を八丁堀に連れていき、坂口に引き渡したのだ。

「坂口がうまくやってくれそうだよ」

藤兵衛によると、弥八が話していたとおり、坂口は伊七を博奕をした科《とが》で吟味すると口にしたという。

「その後、弥八から聞いたのだがな。伊七は、自分から旗本屋敷の中間部屋で博奕を打ったことがあると、しゃべったそうだぞ」

「それは、どういうわけです」

彦四郎が訊いた。

「伊七は、殺しの手助けをした科なら首を斬られるが、博奕なら敲《たたき》ぐらいですむと思ったらしい」

「伊七なりに考えたわけですね」

「坂口も、荒川や米山が殺されたことまでは深入りすまい。わしらが、利根崎や笹森たちを斬ったことも知っているしな」

「これで、すべて始末がついたわけですね」

彦四郎は、ほっとした。

「そうだな」

藤兵衛は目を細めて門弟たちやお花の稽古に目をやっていたが、

「ところで、土屋家の剣術指南の話はどうなったのだ。その後、土屋家から何も言ってこないのか」

と、彦四郎に顔をむけて訊いた。

「五日前、用人の松田どのが、道場に見えました」

「ほう、それで」

藤兵衛が身を乗り出すようにして訊いた。

「土屋家に剣術指南に来てほしいとの依頼でした」

「松田どのは、利根崎がわしらに斬られたことを知っているのかな」

藤兵衛の目に好奇の色があった。

「われらが斬ったことまではご存じないようでしたが、利根崎や一門の者が残らず討たれたことは耳にされているようでした。松田どのは、小柳町にある利根崎が住んでいた家にも行かれたようです」

「いずれ、われらが討ったことが知れような」

「米山を斬った者たちを討ったのですから、土屋家としても悪い気はしないでしょう」

彦四郎がはっきりと言った。

「それで、彦四郎はどう返答したのだ」

「指南の件は承知しました。ただ、わたしと永倉は道場の指南がおろそかにならないよう、午後の稽古のおりに行くことにしました。ご嫡男の指南は、いずれ秋山と佐々木にまかせるつもりです」

秋山と佐々木は御家人の冷や飯食いだった。当主の土屋庄左衛門に認められて仕官の道がひらければ、これに越したことはないだろう。

「うまくいったな」

藤兵衛が顔をなごませた。

「門弟たちの稽古が済んだようです」

彦四郎が道場内に目をやって言った。

門弟たちは木刀の素振りを終え、多くの者が着替えの間に引き上げたようだ。道場に残っているのは、川田や綾之助たち数人の若い門弟、お花と里美、それに永倉ぐらいだった。

「どうだ、彦四郎、久し振りに型稽古をやってみんか」

藤兵衛が彦四郎に声をかけた。

「ご指南いただけますか」

彦四郎が顔をひきしめて言った。

「やろう」

藤兵衛が立ち上がった。

ふたりは師範座所から道場に下りると、板壁の木刀架けから木刀を手にした。それを目にしたお花が、彦四郎と藤兵衛のそばに走り寄り、

「父上と爺々さまで、稽古をするの」

と、ふたりの顔を見上げて訊いた。

「花、義父上と稽古をするのでな、見ていてくれ」

彦四郎がお花に言った。

するとﾠ、お花は、

「父上と爺々さまの稽古だぞ！」

と声を上げ、里美や若い門弟たちのそばに飛んでいった。

川田や新たに入門した若い門弟、それにお花と里美までが道場の隅に座し、木刀を手にして相対した彦四郎と藤兵衛を見つめた。

着替えの間から出てきた門弟たちも、ひとりふたりと川田たちの脇に座して彦四郎と藤兵衛に目をむけた。

永倉だけが、木刀を手にして師範座所の脇に立っていた。彦四郎につづいて、藤兵衛から指南を受けるつもりらしい。

この作品は書き下ろしです。

剣客春秋親子草《けんかくしゅんじゅうおやこぐさ》

襲撃者《しゅうげきしゃ》

鳥羽亮《とばりょう》

平成28年8月5日　初版発行

発行人――石原正康
編集人――袖山満一子
発行所――株式会社幻冬舎
〒151-0051東京都渋谷区千駄ヶ谷4-9-7
電話　03(5411)6222(営業)
　　　03(5411)6211(編集)
振替00120-8-767643

印刷・製本―株式会社　光邦

装丁者――高橋雅之

幻冬舎時代小説文庫

ISBN978-4-344-42519-4　C0193　と-2-35